有光

—— 要有光！——

她们不能去上学，
只能从家里的窗户向着未知的远方凝望，
满怀忧伤地叹息。

她们渴望安稳的生活，
渴望去爱人、去工作、去赚钱。

Letters from an Afghan Woman

Khadija Haidary

一个阿富汗女人的来信

〔阿富汗〕哈迪亚·海达里 著

〔阿富汗〕内克佩·艾哈迈德·莫尼尔 译

GUANGXI NORMAL UNIVERSITY PRESS
广西师范大学出版社
·桂林·

图书在版编目（CIP）数据

一个阿富汗女人的来信 / (阿富汗) 哈迪亚·海达里
著；(阿富汗) 内克佩·艾哈迈德·莫尼尔译. —— 桂林：
广西师范大学出版社，2025. 8. —— ISBN 978-7-5598
-8408-4

I. l372.45

中国国家版本馆CIP数据核字第202552V8L9号

YIGE AFUHAN NÜREN DE LAIXIN
一个阿富汗女人的来信

作　　者：（阿富汗）哈迪亚·海达里
译　　者：（阿富汗）内克佩·艾哈迈德·莫尼尔
责任编辑：彭　琳
特约编辑：安　琪
装帧设计：尚燕平
内文制作：陆　靓

广西师范大学出版社出版发行

　广西桂林市五里店路 9 号　　　　邮政编码：541004
　网址：www.bbtpress.com
出版人：黄轩庄
全国新华书店经销
发行热线：010-64284815
北京启航东方印刷有限公司印刷
开本：787mm×1092mm　1/32
印张：6　　插页：8　　字数：690千
2025年8月第1版　　2025年8月第1次印刷
定价：56.00元

如发现印装质量问题，影响阅读，请与出版社发行部门联系调换。

序

她们没有那么遥远

文 / 洪蔚琳

　　我是在 2024 年 9 月认识哈迪亚的。那时，我看到一则新闻：阿富汗当局颁布新法，全面剥夺女性的权利——不能上学、工作、进入公共场所，不能独自乘车……最骇人的是，不能在家以外的地方发出声音。

　　我想起曾遇到的一位阿富汗女性：扎赫拉。2021 年局势变天后，她创办了由女性主导的媒体 Zan Times，报道阿富汗人，尤其是女性的遭遇。她很快不得不移居到加拿大，我在 2023 年的海外活动中见过她。我问她能否介绍还在阿富汗的女记者，和我们谈谈现状。她推荐了哈迪亚。

我与哈迪亚开始通信，起初只能用邮件，不能视频通话、打电话，甚至不能加好友，因为这些对她都很危险。在一次信中，她写道："如果当局发现我们在联系，我很可能会入狱。"于是，我们把邮件当成了微信用。三十二封邮件，许多只有短短几个词，两分钟就回复一次。

哈迪亚有时写下阿富汗被接管以来的日常，有时按我提供的访谈提纲作答。她用波斯语写，我用 AI 翻译。我渐渐了解了她的生活：她三十四岁，毕业于阿富汗最好的大学，曾在政府任地方治理专家，却在政权更迭后，与全国女性一同失去工作，逐步丧失自由。

她提到女性必须穿包裹全身的黑袍，只能透过眼前的小块网纱向外看，走路时甚至看不清地面；必须时刻注意"遮住全身"，哪怕露出头发或者脚踝的一点皮肤，都可能被巡逻的人员逮捕。

新法颁布后，她很少出门，很少大声说话。女性不能进入健身房、公园、游乐园，不能在没有"MAHRAM"（男性监护人）的陪同下出行超过七十二公里。一天，她的孩子生病需要远行就医，丈夫恰巧有事，不得不委托司机假扮亲戚。途中，她发现车上有新政府的人，吓得双手发麻，还没到家就跳下车。她想起为安抚哭闹的孩子，她曾让司机播放音乐——音乐也是被禁止的——不禁担心当局知道她的住址，半夜闯入，"以没有亲友陪伴、与非亲友交谈，以及要求司机播放音乐的罪名把我关进监狱"。

但在这种境况下，她依然坚持写作，用笔名为 Zan Times 供稿已近三年。她写自己和其他女性的遭遇，赚取微薄的稿酬。这笔钱不足以维生，但写作是她的希望。"通过这种方式，我在为自己和其他成千上万女性的权利而战。"

这些内容最终整理成文章《一个阿富汗女人的来信》。我想起选题通过时的难题：为什么中国读者要关心阿富汗女性的处境，有多少人会关心？阿富汗新法的颁布曾给出答案——2024年，竟还有如此压迫女性的明文规定。在中国的社交媒体上，人们开始讨论新法落实的可能性和阿富汗女性的未来。

但在我与哈迪亚合作完成文章的过程中，我感到距离在消弭——不需要即时、刺激性的新闻背景，人可以跨越国界，天然地关心另一个人的命运，而这对一个绝望中的人很可能确有意义。她第一封信的第一段话就让我感受到这一点，她写道：

昨晚我不记得是几点，扎赫拉给我发消息："一位中国作者想访谈一位阿富汗女记者。"我们几乎忘记了，忘记了一个访谈，或一个来自国外的地址会让我们多么兴奋。我欣然接受了，并暗自高兴和充满希望。

三周后，文章接近完成，哈迪亚让我加她的 Whatsapp[1] 好友。她发来许多她和家人、朋友的照片。这是我第一次看到她的脸：一个比我大五岁，在共和国时期[2] 会穿彩色衣裳、微笑露齿的美丽女性。我们开始闲聊，谈喜欢的书。她说喜欢村上春树，盼着他拿诺贝尔文学奖，但也为韩江获奖感到高兴，"这意味着我们亚洲女性终于被看到了"。我突然感到这些话击溃了我——我们的精神世界如此相似，但她却生活在一个女性连发声都是违法的世界。我无法想象一个人的身体和精神如何能承受这

1　一款即时通信应用软件。（编者注）
2　指阿富汗伊斯兰共和国时期（2001—2021）。（编者注）

种分裂。我曾在通信中问："中国读者能为你们做些什么吗？"她回答："其实我也不知道能做什么，我只是希望能有人知道我们的情况。"现在我体会到"知道"的分量。

《一个阿富汗女人的来信》在我任职的平台"正面连接"发布后，结果远超预期：近四十万人"知道"了她的状况，其中四位向她捐款，共计1001美元。这笔钱和稿费帮助她渡过了难关——临近文章发布前，她和家人成功逃出阿富汗，在巴基斯坦重建生活。

还有这本同名的书。文章的传播促使许多家出版社联系哈迪亚，想在中国出版她的作品集。2025年6月我拿到书稿，阅读让我仿佛重回一年前的通信——她的文字总是平实，但自带强烈情感。

她在书中写了更多共和国时期的日常、鲜活的身边男女。一个历经四次失败婚姻、承受流言蜚语的女性，最终靠加入国民军找回自尊；另一位女性会在某天突然谈起逝去的爱情，"她的黑色眼睛闪烁着光芒，仿佛那个人的眼神曾照亮了她的眼睛"。如哈迪亚在自序中所写，"除了战争和破坏之外，人们还必须有其他东西来介绍自己"，阿富汗女性的生命里，并非只有被压迫。

但这些日常中也潜藏着阿富汗社会的深刻背景：许多女性被强制婚姻、一夫多妻制所压迫，处女被作为迎娶标准……战争和政治加剧了阴影。哈迪亚笔下的女性用诗一般的句子描述自己的生活："要知道我们的痛苦，就去烧一只蝎子吧。"同时，你能明显读出哈迪亚对这些女性的情感。讲完一个女孩被男人辜负的故事后，她克制地写："我在脸书上删掉了他，从此再也没有见过他。"她写一个被丈夫逼迫卖淫而声名狼藉的女性。这名女性是哈迪亚的亲戚，她为在众人面前否认了这一点而懊悔不安。她无法忘记那位女性看她的眼神——"我永远无法摆脱她的注视，她会一直跟随我，直到永远……她是我的姐妹，我将永远背负着她的苦难……"

为这样一本书写序是困难的——任何语言都难以匹配、评价哈迪亚的写作，因为她写的是自己的生命。

我只有写下这段前传，一系列巧合促成的哈迪亚与中国读者的缘分，并邀请您阅读，倾听一个阿富汗女人的真实声音。期待您在某一刻获得同样的感受：人类跨越国别彼此关心并不困难，她们没有那么遥远。

自序

这本书包含我在 2020 年到 2024 年间写的十八个短篇故事，这些故事发生在 2010 年到 2024 年的阿富汗，反映了阿富汗女性在政权更替和战争持续不断的情况下，经历的痛苦和无奈的变化。在这些故事里，女性的生活充满了苦难，但她们只能承受，无法改变命运中发生的事情。她们就像被命运摆布的玩偶，没有选择的权利。她们渴望安稳的生活，渴望去爱人、去工作、去赚钱，但战争和那些掌控战争的人，甚至剥夺了她们最普通、最平凡的生活。相比于这些故事中的女性，我的生活已经算是幸运了。至少我已经完成了教育，得到了学位，而且是硕士学位，而这些女性甚至小学都没能上。战争从来没有给她们接受教育的机会。一切都是战争的结果，是长期冲突让国家落后的结果。也许有时候战争无法避免，但生活是不会等待战争结束的。人的一生总会结束，可是多么遗憾，在我们的国家，很多女性连一天真正幸福的日子都没有过。

我出生于1990年，当我向母亲询问我的出生日期时，她总以当年那些可怕的战事来推算。母亲说，我六个月大的时候，由于火箭弹袭击了我们村庄，我们被迫逃到一个遥远的城市避难。母亲回忆道："我们在那里待了六个月，等我们回来时，村庄已经被完全摧毁了，但我们还是很高兴能回到家。"

我的童年充满了那些痛苦的事件和毁灭性的战争。我特别害怕美国的轰炸机和北方联盟[1]的直升机，其他孩子却嘲笑我，因为他们

---

[1] 1996年成立的武装联盟，主要活跃于阿富汗北部，由艾哈迈德·沙阿·马苏德领导。（如无特别标注，本书注释皆为译者注）

已经习惯了那些可怕的声音，而我从未习惯过，现在看到直升机依然感到恐惧。一些阿富汗人对爆炸声、枪声，以及战斗直升机在空中巡逻的声音已经习以为常，他们不会对这些声音有任何反应。然而，每当听到类似爆炸的声音时，我都会吓得跳起来。不管声音听起来多遥远，我都会下意识地以为是一次爆炸。

2000 年，我们所在的省份——塔哈尔省结束了战争。北方联盟炸毁了库克切河的桥梁，并在俯瞰河流的高地上建立了防线。他们日夜守卫着河流，换来了我们几年的安宁。当我们回到家乡时，整座城市已经完全被烧毁。商店、房屋，甚至我们的学校都被纵火焚烧，到处都是黑色的烟雾。人们为战争的结束而高兴，商店老板们高兴地从残垣中扒出烧焦的货品，尽管他们的商店已经没有了屋顶，只剩下三面水泥墙。很长一段时间，我们这些孩子以商店的这些半烧毁物品为玩具，而这个烟雾弥漫、被烧毁的城市成了我们的游乐场，偶尔有几个孩子因为发现未爆炸的地雷而受伤或死亡。很长一段时间里，地雷清除员在街道、医院、学校等公共场所清理地雷，但地雷数量如此之多，即使经过几轮清理后，我们仍然听说有人死于地雷爆炸，包括一些孩子和女人。在学校里，我们接受了关于如何识别未爆炸地雷、各种地雷类型以及如何应对地雷的培训。那些地雷清除员用粉笔画出的白线，对我这个好奇心很强的孩子来说充满了诱惑。那时候，我真的很想踩在那些白线和红色警告标志上，看看会发生什么。

2000年到2014年间，安全形势逐渐向好，一切都有了很大的改善。我于2012年大学毕业后在家乡工作，直到2017年战争再次爆发。我们又开始伴随着火箭弹和迫击炮的声音入睡，有时候白天一发炮弹落下，大家都会被震起来，然后祈祷这是最后一次轰炸。有一次一个热闹的集市中发生了爆炸，人的碎肉在空中四散，伴随着烟雾和风一起消失。2013年我在阿富汗首都喀布尔时，离我几步远的地方发生了一场爆炸，巨大的爆炸声让我很长一段时间内听到任何猛烈的关门声都会被吓得跳起来。那天我本来要去参加一场工作面试，和我一起的还有另一个女孩。我拉着她的手，拼命地跑，却不知道该往哪个方向逃。五分钟后，爆炸的烟雾渐渐消失，喀布尔其他地区的人甚至不知道那里刚刚发生过剧烈的爆炸。人们已经习惯了这些血腥和爆炸，甚至麻木了。他们假装看不见，也无能为力，因为他们别无选择。

十个月前我抵达了巴基斯坦，直到现在，我们因签证问题多次遭到伊斯兰堡[1]警察的骚扰。2月时，我们决定从伊斯兰堡搬到卡拉奇[2]。卡拉奇酷热难耐，自3月以来，我们经历了极其炎热的夏天，白天几乎没法出门。我们找到的唯一出路是移民加拿大，但我需要筹

<hr>

1　巴基斯坦首都。
2　巴基斯坦第一大城市。

集上万加元¹才能启动流程。目前我在这里当记者，收入微薄，仅够糊口。幸运的是，有一些朋友资助了我，更幸运的是，我拿到了这本书的版税，这笔钱帮了大忙！2025 年 5 月，在朋友帮助下我终于凑齐了所需金额，我们的加拿大移民流程就此启动。

这本书里的故事都是基于我个人的经历和观察创作的。其中有些故事是关于爱情的，尽管战争、贫困和各种不幸重压在身，阿富汗的女性依然会体验到爱情。她们和世界上所有人一样渴望平凡的爱恋。然而在我们的国家，传统文化和极端的宗教信仰笼罩着很多事物，让女性无法按照自己内心的自然本性去生活。在阿富汗，女孩不能自由地与男生见面或约会，也没有一个女孩敢说出自己男朋友的名字。婚前的男女交往是完全隐秘的，否则常常会导致

1　1 加元约等于人民币 5.2 元。

"荣誉处决[1]"的悲剧。

阿富汗的女性为了拥有自己的爱情，会去找巫师祈求爱情长久的护身符。而书中的塞塔拉，尽管是连番侵害的受害者，依然爱着那个欺骗她的男人。她内心渴望另一种生活，一个有丈夫和儿子陪伴的家，能一起幸福地生活下去。最终，这些阿富汗的女孩在当今的统治下，就像是被困在笼子里的金丝雀。她们不能去上学，只能从家里的窗户向着未知的远方凝望，满怀忧伤地叹息。不只女性如此，阿富汗的年轻男性，即使生活艰难，贫困压身，也依然屈服于爱情。就像艾哈迈德这样的士兵，从战争中受伤回到家中，只渴望触碰盖麦儿的手。

当我与有光签下这本书的出版合同时，我不禁思考，那些说着不同语言、拥有不同文化，却与我们有着相同人类情感的异国读者，他们会如何解读我的文字？我时常想象，我们的故

1　一种以"维护家族荣誉"为名，对女性施加的私刑处决行为，执行者多为父亲、兄弟、丈夫等男性亲属。

事被译成中文后，会呈现出怎样的模样。

在签订出版合同后，我想象着会花几天时间看完这本书的读者们。我希望我能和他们交谈并为他们解释：为什么我写下这个故事，为什么我会产生这些感受；书中的女人是谁，战争是什么时候爆发的；为什么由阿富汗人民组建的政府会与人民背离；女性是如何被集体赶出每一个讲台的，那是一种怎样的感受；为什么当我走在夜晚的城市街道时，他们会认为我是一个有罪的女人，且有义务回答他们的任何问题。读者可能会问的其他数百个问题，我都渴望回答。

有时，当我回忆起那场战争时，我感到羞愧。我认为，除了战争和破坏之外，人们还必须有其他东西来介绍自己，与之联系，并告诉其他城市、遥远村庄和其他国家的人们：大马士革并不总是一片废墟，加沙的人们并不总是在不停地寻找食物，阿富汗并不总是在战争贩子的控制之下。大马士革、加沙、喀布尔和我的家乡塔哈尔省等地区也有机会蓬勃发展。这些地方的女性也曾有过没有被枪口对准的日日夜夜。

我有一次和朋友哈兹拉特·瓦赫里兹聊天，聊到很多事，我担心中国读者能不能和我的书产生共鸣。毕竟，这本书所提出的问题都是非常具体的。我所说的这些人的痛苦，可能与世界上其他地方的人的痛苦不同。我的朋友减轻了我的担忧，他说："并非如此。对欧洲以外的所有人来说，他们都或多或少地对这种痛苦感到熟悉。他们都经历过这种痛苦，也都能理解，在十九世纪，中国被鸦片污染，以转移人们对创造、生产、繁荣和荣耀的思考，这样西方列强就可以积累更多的钱。中国人比其他任何人都更了解你们的痛苦。"

写下这些故事的时刻是我人生最美好的时刻。每当我喝一杯绿茶，配上一块巧克力，写下这些故事时，我享受着生命，让自己的心灵从痛苦和折磨中解脱出来。我想让这本书的读者以这种方式了解阿富汗的女性：一个阿富汗妇女可以写一本书，写几个故事，即使这些故事写得不是很好，但它们可以记录她的痛苦。她有时尝试在这些故事中添加曲折，修饰字句，有时尝试描绘这样的画面：一个坠入爱河的女性，如何避开众人的目光，独自度过时光，等待心爱的人……

说实话，在写这些故事的时候，我从来没有想过，有一天会有中国的读者读到这些故事。既然这样的机会出现了，亲爱的读者，我真的很感谢你花时间阅读一个来自阿富汗的女人胡写的文字。我希望您能认识到：人类跨越国界高墙，本质上是如此相似。他们感同身受，同样为一个孩子被迫在妓院出生而心痛，为孩子母亲那破碎的心流下泪水。

2025 年 5 月 12 日

我、我的儿子、我的妹妹、我的小姨

2020 年，我和我的同事们（左一为作者）

2020 年，我们为母校喀布尔大学庆生

我的母亲

乡间小道上的我

我的故乡——塔哈尔省的乡村

乡间下厨

2023 年，我带着儿子回到我的故乡塔哈尔省

2023 年，我和儿子在从塔哈尔省去喀布尔的路上

一位来自塔哈尔省的老妇人

2023 年，我在喀布尔的一个家庭学堂

村里的一所地下学校正在举行考试

乡下的妇女集会

2024 年 6 月，我们一家三口

2024 年 7 月于塔哈尔省，我戴着黑色头巾

乡下妇女聚集在一起寻求世界公益组织的帮助

目录

笼子里的金丝雀

一个月前，我的丈夫带回了一只金丝雀，还有一个封闭的彩色鸟笼，笼子的两侧预先装好了食物和水。他对这只金丝雀的到来感到很高兴，希望能与我和他的母亲分享这种喜悦。但我和他的母亲都无动于衷，对这只金丝雀没有任何兴奋之情。他对我们说："等它开始唱歌时，你们会喜欢上它的。"

我记不清是傍晚还是晚上，金丝雀开始唱歌了，它的歌声确实很美，但并没有在我心中激起波澜。丈夫却因为金丝雀的歌声而兴奋不已，不停地让我关注它的歌声。我告诉他，我只喜欢在花园里听鸟鸣，还说："如果有人让我养金丝雀，我会放它自由，让它回到属于它的地方。"那时，我想起了诗人莫拉维·贾拉鲁丁·鲁米的《商人与鹦鹉》[1]的故事。

正好一个月后，阿富汗媒体传出了一条如同原子弹爆炸般震撼的新闻：女性被禁止进入大学，直至另行通知。这则新闻让所有人都震惊了，而我却觉得自己更深陷于黑暗之中。对我来说，这就像喀布尔的第二次陷落[2]，每一次都让我被迫待在家里，失去工作。然而这一次，我想到的不仅是自己，还有那无数只被迫回到笼中的声音甜美、面容明丽的金丝雀。

周三是禁令实施的第一天，我没有去大学，总觉得那天会很糟糕，所以决定留在家里。当天下午，我的一位女学生给我发消息，问我为

---

1 寓言故事诗，讲述了一只被商人圈养的笼中鹦鹉与原野上自由的鹦鹉联合，从而摆脱束缚、重获自由的故事。

2 2021 年 8 月 15 日，阿富汗前政府"和平移交权力"，称为"喀布尔陷落"事件。

什么没有出现在考场。我告诉她我感觉不舒服，所以在家里休息。她说："老师，您没来真好。今天大家都哭了。"这条信息让我陷入沉思，我一一想象了这些女学生今后将要面临的生活。

我的一位学生名叫普娅。我曾对她说："你真是一个不安分的人，总是静不下来。"普娅笑了，即使在考试中她也从未停止微笑。我在想，没有大学、没有课程、没有娱乐，甚至没有电，她会怎样生活下去？她那活跃的身体和灵魂该如何安放？或许，她就像笼中的金丝雀，会唱出美妙的歌声，但除了少数同样被囚禁的人，谁会听到她的声音呢？我知道，她的歌声对其他人来说会是模糊而神秘的，甚至没有人能真正理解她在唱什么，想要表达什么。对大多数人来说，有吃有喝就够了，不会再去关心生活的其他事情。

我们都确信，世界听不到我们的声音。即

使听到了，也不会在意。这种无声的绝望渐渐让人觉得，即使金丝雀被放出笼子，也可能会被调皮的孩子抓住，或者被持枪的猎人射杀，最终消亡。正如某些人对我们的看法，世界也认为金丝雀应该留在笼中，这样才不会被杀害。这是那些认识金丝雀或喜欢金丝雀的人常有的想法。

我的另一位学生名叫塔巴斯姆，她在学期中途放弃了学业，没有再回到大学。我向她的同学询问原因，他们说："自从卡伊教育中心爆炸事件[1]发生后，她的家人就不再允许她来上学了。"就像塔巴斯姆的家人一样，有许多家庭为了保护孩子，把她们关进笼子里，提供食物和水，倍加照顾。然而，我知道每一只金丝雀的心都向往自由，向往绿意盎然的花园，这是它们的天性。

1　卡伊教育中心位于喀布尔西部，在 2022 年 10 月曾遭遇袭击。

但为什么？是谁第一次将金丝雀关进笼子？又是怀着什么目的？是为了观赏它吗？是为了更多地听到它的歌声吗？还是为了保护它？或许囚禁它的人有着不同的理由，用各种借口来为自己的行为辩护。然而，金丝雀的心中除了自由，别无所求。即使它在歌唱，那也是带着忧伤的，它的歌声无法让渴望自由的心感到喜悦。

金丝雀应该自由，它应该在一片广阔而青翠的花园中歌唱。也许那时，它的歌声能打动更多的人心。

三个儿子的母亲

　　在她悲恸哭诉的间隙，她不停地打听大家的情况，询问每个人过得怎么样，最后还会祝愿说："愿真主让你们的日子好过一些。"当她微笑时，可以看见她仅剩的两颗已经发黄的牙齿。她的声音低沉而颤抖，带着撕心裂肺的哭泣，让整个屋里的气氛都变得凝重起来。我被她受到的深重的苦难与折磨惊得说不出话，仿佛连呼吸都停滞了。我完全无法猜测她的年纪，感觉她就像已经活了上千年似的，因为她脖子周围布满了纵横交错的皱纹。她的手上戴着两三枚银戒指，指着那条破旧的头巾说："这是某某给我的，这些年我一直戴着，也一直为她祈福。"

她让我把自己的旧衣服送给她，说："我要带给我儿媳妇。"她提到的这个儿媳是二儿媳，还很年轻就守了寡，而她的大儿子也留下妻儿死了，三儿子杳无音信。她的丈夫被这些打击压垮，已经无法行走，终日躺在地上。用她的话说，所有这些"沉重的日子"全落在她一个人的肩上。她不得不照料每一个人，心里的苦没有任何可以倾诉的地方，身边的人都不愿意仔细听她说，仿佛再也找不到哪个部门或哪个人去质问：为什么她会遭受这样的命运？她的儿子们犯了什么罪，竟被无端杀害？

当她提起大儿子时，我能感觉到她的沉痛与悲伤。说起话时她都要费力地咽下每一口气，那神情好似一座无法撼动的山岩。她哽咽到声音碎裂，痛哭到让人心如刀割。她说："他死前在清理地雷。你也见过他的，多年轻的一条生命啊！"说到大儿子家的孙子孙女，她又浑身颤抖，再次哭了起来。她的一句话让我也跟着掉眼泪："我没有把两个孙辈带走，而是让他们留在母亲的怀里，让他们跟着妈妈。我不曾让他们母亲的怀抱变得空荡。"

这位母亲还告诉我，大儿媳的父亲甚至在女婿死后不到一年，就把自己的女儿和那两个孩子带去马扎里沙里夫[1]，将女儿嫁给了另一个男人，并收了一笔十五万阿富汗尼[2]的聘金。而那个悲痛欲绝、带着孩子的儿媳，就这样被迫远嫁他乡，留给她一个空荡荡的家。她说，大儿子服役了十年，曾在阿富汗的不同省份执行任务，最后却被路边的地雷炸得血肉模糊，随同的两百万阿富汗尼赔偿款和他的尸体一起被送回来。"他刚盖好自己的房子，还没来得及装门窗，人就这样没了。"她喃喃道。

1　阿富汗北部的重要城市，以蓝色清真寺闻名。
2　1阿富汗尼约等于人民币0.1元。

她的二儿子二十八岁，在一次激战中丧生。按照她的话，他也"成了烈士"。可其实二儿子并没有参军入伍，而是一直做点小买卖，像个普通老百姓一样过日子。在那场激战里，坦克开进来，伤员被抬上车运走，可他居然还开着店铺，没有关门的打算，也没想到在这种刀光剑影的时候，根本没人会来买东西。或许是死期到了，一发火箭弹击中他的小店，把他炸得四分五裂。就这样，二儿子也没能幸免。于是这个家再次支离破碎，他的妻子和几个孩子都成了孤儿寡母，无依无靠，生活只能靠别人接济。她哭诉到二儿子的遭遇时，责怪那家儿媳的娘家一点忙都没有帮。二儿媳的娘家说他们养不起这些人，对这寡媳和孩子不管不顾。无奈之下，这位母亲只好肩负起照顾二儿媳与孙辈的责任，总是跟周围的人讨要东西，好带回去给他们。她常对我说："把你不用的旧衣物都给我吧，衣服、头巾、包……什么都行，我带回去给我儿媳。"

我静静地看着这个命运多舛的女人，想象着她所经历的苦难。

"要是你的儿子们都身处险境，那你也难逃厄运。"她说，"我那二儿子死于自己的愚笨。"可是，就算儿子再不懂事，作为母亲也不会愿意自己的儿子被一枚火箭弹给炸得粉碎啊！她的二儿子不过是这场"疯狂战争"的又一个牺牲品。她口中的这场战争，是所谓"宗教与民主、信仰与尘世、地狱与天堂、意志与金钱、情欲与美酒"的混战。

她的三儿子年纪很轻，在哥哥们相继遇害后，他对这个世道恨之入骨。一家人都受尽其折磨，只好让他离家远走，不管去伊朗、巴基斯坦还是土耳其，只要别再折磨父母就行。那时他才十九岁，离家之后不久，就传来他加入了军队的消息。他甚至打电话给以前的朋友，说自己是要替哥哥们向美国和那些军阀报仇。

没有人跟他说，他所投奔的这群人正是杀害他哥哥们的"仇人"。两年后，那些年轻人高喊着"伊斯兰万岁"回来了，还娶妻办喜事、拿职位赚钱，可唯独他没有回来。母亲提起三儿子时似乎平静了一些，连眼泪也没流，还能轻松地呼吸。也可能是因为她在另外两个儿子身上已经哭干了眼泪，再也哭不出来了。她靠向身后的垫子，说道："那孩子多半已经死了，否则为什么不回来？既然别人都回了，他怎么不回来？就算他当真也在某场战役里送了命，至少没留下寡妻和孩子，我也就少了一份煎熬吧。"

最后，她激动地咒骂了这个世道，可说到结尾时又把我弄哭了："战争的确发生了。我的儿子们可不是正常老死，而是被杀的。但也有人在这场战争里一点也没伤着，为什么遭受厄运的偏偏是我？而且一连三个儿子都相继死去！为什么我成了既要照顾寡媳又要养孙子孙

女的可怜人？我命不好，从一开始真主就这样
谱写好了我的命运，让我生下儿子，却要把他
们还给泥土，然后还要日日夜夜在他们的坟前
哭泣。我的命是苦的，这场战争也像是专门为
折磨我而来。如今倒是太平了，大家说安稳了，
可对我还有什么意义？对我那两个儿媳又有什
么意义？"她擦干了眼泪，似乎平静了一些，
然后想让我去她家做客。"你是有恩于我的，"
她说，"虽然你结婚的时候我都没去……"

　　我望着她脖颈间深深的皱纹，还有因长久
哭泣而布满沟壑的脸庞，想起她提到大儿媳
时的那句话："我不曾让他们母亲的怀抱变得
空荡。"

　　她那样做真是够大度的。这个饱经战乱和
苦难的女人，却仍然能怀着体谅与善意。明明
只要把大儿子的两个孙辈带过来，和另外三个
孙辈一起生活，或许还能凑合着靠别人帮衬养
大，可她还是为了儿媳的尊严，为了两个孩子

能跟着亲生母亲，放手让他们走。她知道，无论祖母的怀抱多么温暖，也比不上亲生母亲的怀抱。她用心待那母子三人，做了无可替代的"大事"。

夜与新城 [1]

自从新政府成立以来，已经过去了两年三个月。喀布尔发生了显著的变化，其中最明显的一点就是堵车减少了。

一切都大不相同，连街头小贩和乞讨者也不再像以前那么多。那些瘾君子被从大街上清理走了，不知被送到了哪里，远离了人们的视线。科特尔海尔哈纳 [2] 的道路正在大规模修缮，与道路相邻的房屋被拆除，房主们得到了

1　喀布尔的商业和文化中心，是喀布尔现代化改革的象征，因而称为"新城"，代表着阿富汗"黄金时代"的开放与繁荣。
2　喀布尔北部的一个重要山口。

另一块地和三十万阿富汗尼的补偿。偶尔能见到几家咖啡馆和餐馆开门，但远没有往日那么热闹。

曾经在共和国时期风光一时的"公园购物中心"位于新城的中心地带，而新城又是喀布尔的市中心，可以说是这座城市跳动的心脏。从前只要是在那里买的东西，基本不用担心质量。政权垮台后，我曾去过那里两次，但都没看到什么值得买的好货。直到有一天晚上八点左右，我和丈夫带儿子想去儿童游乐场，才再次去到那里。

我没仔细数大楼到底有几层，可能有九层。我们到的时候，一楼到四楼都漆黑一片，只有在更高的楼层才能看见一点灯光。入口处有两个保安，丈夫问我们能否进去，他们说可以，但除了儿童游乐场，其他都关了。丈夫说我们就是去游乐场的。进门时，丈夫被搜身了几秒钟，我抬头看见入口上方写着"请遵守伊斯兰着装规定"，我本就戴着头巾，也就没在意。一楼所有店都关门了，走廊里很暗，我们乘电梯上到五楼，却发现儿童游乐场也关了。那里的工作人员说只有一批顾客的话，游乐场不会开放。丈夫企求道："我们从很远的地方赶来，能不能让孩子玩一会儿？"对方同意后，我们花了五百阿富汗尼买了张卡，进到了游乐场里。

游乐场空荡而冷清，但仍有几名女性工作人员。我原以为能和丈夫一起进去，结果她们说男性禁止进入，因为这里所有工作人员都是女性。那时是晚上八点二十四分，工作人员看到这么晚还有顾客，都觉得惊讶，甚至觉得有些好笑。带我和儿子进去的那位工作人员告诉我："你儿子才三岁，只能玩三个项目，别的对他来说太危险。"屋里既冷又昏暗，那位工作人员还时不时地接听丈夫的电话，心思不时分散。我儿子却兴奋地跑来跑去，我和那位工作人员只好在后面跟着。我们让儿子坐了两种小车，还拍了视频。孩子玩完后又和"怪物史瑞克"卡通人偶合了影。

我问那位工作人员："白天这里的经营状况怎么样？"她只说了"还行"，语气里却像在说"你也明白现在的情况"。为了维持经营，这家游乐场的老板费尽心思：雇了很多女性工作人员，摆了餐饮小摊，墙上贴满了"穿着遮盖"的海报，这里所有女性工作人员也都穿着黑色罩袍。等时间到了，我正想带儿子离开时，却发现丈夫不在，售票口的人说他去了同一层的台球厅。我走到台球厅的玻璃窗前往里看，丈夫正和两个年轻人打台球。再往上一层有家餐厅，但里面空无一人。

每一层、每条走廊都贴着一张"注意危险"的标志，上面画着保持两米距离的一对男女。我原本以为是新冠疫情时贴的，结果仔细看到那图样才明白，这是如今"新形势"下要求保持距离的警示。丈夫示意我再等五分钟，我于是又下到四楼，带儿子在走廊里走了几圈。那里稍微亮一些，我得小心盯着孩子，不让他乱跑。透过玻璃橱窗，能看到一些秋冬款女装在打折，几乎每家店都在做促销，有的标着"最高四折"。想起这里曾经繁华又豪奢，如今却如此萧条冷清，我的心里难免难受。整个城市的灵魂似乎疲倦了，躲在阴影里，对我们这些两年后才来的访客也毫无热情。

我又回到五楼门口让丈夫快点结束，还听见里面男人的声音挺大，担心会打起来。我透过楼梯，看到两个外表明显是新政府的人在三楼转悠，顿时紧张，觉得他们是冲我来的。丈夫终于打完球，我们慢慢往楼下走，快到门口时，发现一队新政府的人在那儿，看样子是刚刚三楼的那两个人报了信，说深夜还有我这么一个女人在这里。丈夫牵着儿子，我把头巾拉得更紧。他们拦住我们，只用了几秒钟就从保安那里知道了我们是夫妻，还带着孩子，便让我们离开了。我一路屏住呼吸，其中两人还跟了我们几步。好不容易走出门口就赶紧拦下第一辆出租车，上车后他们才没跟来。车开出两三分钟，丈夫问我："我们被拦之前你注意到那帮人了吗？"我说："看见了。"

此时的新城已是黑灯瞎火，连烤肉摊都收了，市中心空无一人。我们看上去就像两个疯子，带孩子来所谓的"游乐场"和"餐厅"放松，却差点把自己送进情报局或监狱，好在有惊无险。

之后我们去了泰麦尼[1]，除了几家面包店和甜品店，其他都关了门。也不知道是因为冬天寒冷，还是这两年三个月里喀布尔的城市灵魂早已离去，总之再也不见从前的喧闹。回到家时，我们庆幸还能活着，还能呼吸。我们成了

1　喀布尔西北部的一个主要社区。

被禁锢在家中的流放者，家现在像餐厅、公园、游乐场一样，承载着所有原本在外的"人类活动"。不过我们仍心存感激，至少我们还有自己的房子。

两姐妹在喀布尔的动荡岁月

　　这是一个关于喀布尔那动荡时代里两姐妹的故事。她们都受过良好教育，也有着多年的教书经验，致力于培养祖国的孩子。大姐拥有两个文凭，一个是十四年级（大专）毕业证，另一个是十六年级（本科）的，并拥有二十年教学经历；二姐则只有一个文凭，但来自一个含金量很高的教育机构，也有十五年教学经历。这个故事原本也可以叫作"喀布尔的女教师们"，因为她俩常说自己在从事神圣的教师职业。这两姐妹的教学工作确实高尚而值得尊敬，她们的灵魂与心灵都纯洁无瑕。

那天，大姐让我看墙上挂的一张照片，照片中的年轻男子面带微笑。大姐一说到照片上的人就泪眼婆娑，哽咽得难以自控，但因为我和其他人在场，她强忍住泪水，指了指卡在喉咙口的哽咽。原来，照片上的年轻男子是和她共同生活了十五年的丈夫，他在一次车祸中丧生，当场去世。等她的情绪稍微平复后，我又在房间另一面墙看到了一张更年长的男子的照片，和我认识的哈吉拉马赞神似——哈吉拉马赞是喀布尔西部的一位大人物，曾在清真寺的讲坛上遭遇自杀式袭击。我正准备问照片上的人是谁，大姐就告诉我："那是我父亲。丈夫走后的第六个月，他也过世了。"她又一次想哭，却没有让眼泪落下来。我想安慰她，却不知能说什么来减轻她的痛苦。

　　大姐提到喀布尔陷落后的遭遇："喀布尔失守后，我带着两个孩子，卖掉了全部家当去了巴基斯坦。在那里奔波了近一年，结果一无所获。既没有愿意接收我们的难民机构，也没有大使馆愿意认真听我的苦衷。我做教师的岗位也被停了，已经正式离职。我又回到喀布尔，千方百计把原先卖掉的东西以双倍价钱或赊账的方式买回来。可是我一回到喀布尔，公立学校就都关了，没人雇我当老师。我去私立学校应聘，他们给的最高月薪只有三千阿富汗尼。无奈之下，我只能接受这个职位，用这微薄的收入，勉强养活我和两个孩子。"

二姐此时在忙着泡茶、摆餐具。她文了深色的眉毛，和她的脸并不相配。她整个人又瘦又显得生硬，好像长年沉浸在某种强烈的怒气里，如今难得有机会放松，却又不知如何微笑或传递积极情绪。她看我时偶尔也礼貌地笑一下，但那笑容冷淡而空洞。她也结过婚，却没说有几个孩子，也没提丈夫在做什么工作。

我通过一个朋友帮这两姐妹找了一份她们可以一起做的工作，任何一方如果临时有事，另一方也能补上。她们非常高兴，因为两人都顺利被录用。

一个月后，我那位雇主朋友找我商量，说大姐声称旧病复发，喉咙肿痛，没法继续工作和生活，想请假回巴基斯坦治病。这位朋友希望我做个担保，确认大姐治病后能回来，二姐也能在此期间同时做两个人的工作。我和她们其实都不算太熟，但因她们多年教书，从事过这样一份神圣的职业，我信誓旦旦地对朋友说："让她去看病吧，反正她妹妹能顶替上。妹妹的工资也许刚好能帮她治病。"朋友也表示赞同，还说："真希望我有能力资助她的治疗。"

就这样，大姐再一次带着两个孩子离开，踏上去巴基斯坦的路。这回不是想逃难，而是想治好自己，好好活下去。两个月过去了，大姐一直没回来，不过二姐的工作做得很好，工作报告都能及时上交。

过了一段时间，大姐给我发了一条信息。

我问她近况如何，她的答复就像一句诗："要知道我们的痛苦，就去烧一只蝎子吧。"我祝她早日康复，也为她的处境难过。她说自己至今都还没做任何检查或治疗，还说起流离他乡的艰辛、物价之高、人心阴险，以及她在病重状态下经历的种种无情对待。最后她希望我能和朋友说说情，为她保留工作岗位。我告诉她："你的工作没丢，你妹妹在替你上班呢。"她听完，似乎并不知是该高兴还是悲伤，停了一会儿问："那这两个月我的工资会发给我吗？"我说："应该会吧，你妹妹承担了你的工作，她的工资是跟你的一起结算的。"

她好像有些犹豫，我便直接问："你妹妹给你汇过钱吗？"她这才告诉我："没有，连一分钱都没给。第一个月时我问过她有没有发我的工资，她甚至回我：'你人都不在，还想要工资？'"大姐很难过，我也跟着气愤又难受，想起她那些苦难与眼泪。过了一会儿，她又发了语音消息，说也许妹妹缺钱才一直瞒着不说，还表示："只要这份工作还在，等我回去还能接着干就行。妹妹也对我说，既然我不在岗位，凭什么要工资呢？"

我把朋友想帮助她的想法告诉了她："他原本想直接帮你，可暂时只能通过发工资的方式来帮你。"大姐听了更加心酸。我怕她情绪崩溃，就宽慰她："别太难受了，我会跟朋友说，让他别把你开除。"我忍不住最后问："你现在在巴基斯坦的经济状况怎么样？你妹妹拿了你的工资，你不需要吗？"她再次用语音回答："我一个寡妇之前在喀布尔领着区区三千阿富汗尼养活自己和孩子，能说不需要钱吗？如今自己还病着，人在异乡，连活路都难找，怎么可能不需要钱？"我又问："你妹妹不清楚这一切吗？"她沉默了好一会儿，什么也没说就离线了。或许她是去痛痛快快地哭一场，然后会变得更坚强，再也不会在意别人的冷漠，也或许是在巴基斯坦医院的长廊里挤来挤去。至于二姐，也许是生活将她磨炼得越发冷酷无情。

一号公寓

我住在二号公寓，在公寓大楼的一楼。住在对面一号公寓的是个年轻女人和她的一个孩子。现在夏天到了，天气很热。有时我会把公寓门敞开，让新鲜空气进入房间，而一号公寓的门也常常开着。她家客厅里铺着一块旧地毯，看上去好久没打扫过。有一次，女人在喊她儿子，让他别出门，可那孩子还是跑到走廊里，一直在电梯门那儿玩闹，咚咚敲打电梯的门。女人生气了，出来抓住儿子的手，看见我正看着他们，就笑了一下说："对不起，我儿子打扰你了。"我笑笑说："没事，我自己也有小孩，懂得小孩子的顽皮。"

她个子挺高，有点胖。她有两件外衣，一件黑色，配了深红花，一件黑白相间。她平时穿衣毫不讲究，也不化妆。她总是看起来情绪不佳，即使笑，也是一闪而过，让人没法记住她的笑容。她在我面前永远都是一副神情凝重的样子，分不清她是在生气还是在沉思，抑或是疲惫。带儿子出门时，也是面带愁容，没有任何轻松的神态。

我们做邻居快两个月了，却从没有过任何交集。她不跟任何人来往，偶尔带儿子出门时才能看见她。有一天，她拿来一碗甜口的黄色米粥给我，把碗递到我手上，一句话也没说就走了，真是个怪人。我无法适应她的冷淡、沉默和神秘。我每次见到她就会想，她曾经有没有开心、轻松的时候？她的眼里是否曾经闪烁过喜悦？

她白天基本都和孩子两个人在家。偶尔有

两个男人会来她家，一个是她哥哥，另一个是她丈夫。可是我从没在白天见过她丈夫，他似乎整天都不在家，也许是有了别的女人吧，所以她才总是那么愁苦、郁闷。后来，我丈夫说他见过女人的丈夫，是个不错的小伙子，看上去比她年轻，是政府的工作人员，在现任政权上台前就任职了，政权更替后没被辞退，所以他白天上班不在家。

我丈夫现在失业在家，想找份工作，像女人的丈夫一样每天去上班。但那女人像是对丈夫上班这件事丝毫不觉得有什么可开心的，如果换作是我，我一定会每天清晨高高兴兴地起床，给丈夫熨好衣服，准备早餐，擦好鞋子，等他出门时依依不舍地道别，祝福他有美好的一天。但她似乎一点也不快乐。我丈夫说，她丈夫每天都一个人离开家，鞋子是他自己擦，门也是自己锁。那女人难道从没送别过丈夫吗？她也是孤零零的一个人吗？

我们这间公寓采光很差，只有一个房间有点光线，但完全晒不到太阳。其他两个房间都没光线，只能开灯，可电力供应又不稳定。卫生间里乌黑一片，只好用充电灯照明，以防停电后什么都看不见。跟一号公寓相比，我们的二号公寓还有一个阳台，可以晒衣服，这倒是比她家强一点。可是一号公寓也有它的优势：有两扇可以看到外面街道的窗。能同时看到巷子和大路，卖三明治的小摊、店铺、超市都在女人的眼皮底下，甚至还可以看见车子进出车库。说不定她一整天就盯着窗外看，也因此懒得跟邻居来往。那两扇窗户的玻璃是彩色的，外面的人看不到里面。我偶尔能瞥见她家反射在窗玻璃上的电视画面，更是激起了我对她家的好奇心，但又不知道怎么对她开口。

我问我丈夫关于她家的事，他却说："别管他们，我觉得有点可疑。"什么可疑？新政府的人在追查他们？是盯上了她还是她丈夫？

她丈夫不是在政府部门上班吗？那就是在找她本人？也许就是因为这个，她才神神秘秘、愁苦不堪？可怜的人，也许怕被抓去坐牢，所以她丈夫才尽量不和她一起出现……她哥哥就是她的保护人吧？天啊，那该是何等恐怖的日子！

我越想越怕，时常梦见新政府的人闯进我们这栋楼，把她戴上手铐带走，可怜她家那小男孩，他怎么办？也许她娘家或婆家会照顾……

不知为什么我会关心一个完全陌生的女人的喜怒哀乐。我总在想，这女人跟谁都不来往，多孤单啊！我在搬来的这两个月里结识了不少好邻居，她却像离群的独鹤。也许她觉得自己和别人不一样，她是有文化的。在这个"新政府时代"，那些有文化的女人大多待在家里，疲惫又沮丧。

或许我无法体会她原先的生活，也许她本

来在外工作，能自主赚钱、花钱。每次见到她，心情都会不自觉地变得沉重，胸口发闷。偶尔我会幻想，有一天能看到他们夫妻带着孩子一起开开心心地回家。

她与归途中的光

　　我和女儿坐在车子的前排座位，后排有四个人：三个年轻男人和一个年轻女孩。司机把所有男人都称作"外甥"，通过车子的后视镜，用本地方言跟后排两个男人聊天。我们刚出发五分钟，我问："车上有音乐播放器吗？"他说："有播放器，可以用蓝牙功能，你们可以用手机连上车里的蓝牙，放自己喜欢的歌。"我手机送去维修了，司机就问后排男人，结果两个人都说自己手机里没音乐。这时，坐在那女孩旁边的男人用自己的手机连上车里的蓝牙，放了一首法尔哈德·达里亚[1]的歌："从满

---

[1] 阿富汗著名流行歌手，被誉为"阿富汗猫王"。出生于喀布尔，后移居美国生活。其音乐活动与阿富汗社会变迁密切相关，常通过演出参与公共事务。

是阳光与青草的原野、泉水潺潺的地方，你缓缓而来……"我开始跟着轻轻哼唱。就在这时候，车子停了下来。司机狠狠咒骂之前修车的师傅："竟敢没修好车就交给我！"一边又说道："我需要一个十四号扳手。"路边正好有两个年轻人，司机让他们去帮忙找十四号扳手。耽搁了五分钟后，他借到扳手把车修好了，我们又上路了。

放歌的那位年轻人放了一首难听的歌曲，歌里唱着："主啊，我的心快要崩溃了……我的心像被重石碾过的玻璃啊……"司机一边听，一边抱怨要是找不到十四号扳手，我们就要被耽搁到晚上了。我随口夸了他一句："您动作真快啊！"谁知这一句话打开了他的话匣子，接下来三小时的路程，他几乎就没停过吹嘘与自夸。

"妹妹啊，我当年刚开始开车的时候，还只是个'啥也不懂的半大小子'呢！"他说"半大小子"时口水都溅出来了。"妹妹，我把每位乘客都当自家人看，无论白天还是黑夜我都把他们安全送到目的地。那时候我年轻得很，连胡子都没长全，很多人不相信我能开好车，但他们哪里知道，一个没经验的小子照样能做一百个老手也做不来的事！"我稍稍往左瞥了一眼，想看看他长什么样，他的侧脸看起来还真有几分像罗宾·威廉姆斯[1]。我穿着黑袍，把自己遮得只露出眼睛，而且眼睛也尽量不乱瞟，目不斜视。因为女性的眼神如果到处乱瞟与男人对视上的话，就会让人觉得你心术不正，被视为"与魔鬼结盟"，该被男人们"指引和纠正"。

司机一个劲儿说个没完，回忆起从前共和国时期的事："那时候我牛着呢，开着新政府的车，从前政府军的哨所开过去拿武器弹药

1　美国著名喜剧演员和奥斯卡奖得主，代表作有《死亡诗社》《心灵捕手》等。

回来，然后悄悄换辆别的车再回来，他们都没察觉。我家里还弄了两间客房，一间给新政府的人住，一间给前政府军住。没办法，形势就是这样。"他发出压低嗓音的怪笑，然后指指后排说："看见没，后面坐的那位年轻人就是我外甥，他是新政府的人，以前可是冲锋一线的战士啊！特别猛！只要一说打仗，他整个人都激动得不行。"说完，他又"嘿嘿嘿"地笑，示意那位新政府的青年自己讲讲。我透过前面的后视镜看后排，那位青年的打扮并不显眼，戴了顶坎大哈风格的帽子[1]，有不少人都戴这种帽子。

被点名的那位青年清了清嗓子，表示要开口了。我心里一紧，总觉得他可能会讲些吓人的东西。他先看了一眼司机，才慢悠悠开口。

---

1 坎大哈是阿富汗南部的一座城市，也是现任政府军队的重要根据地。坎大哈风格的帽子一般是阿富汗第一大民族普什图人常戴的传统圆帽，颜色多为深色，样式朴素，风格严肃、保守。

谁知司机又抢话:"呵呵,当时他差点死掉成了'烈士'。他一心想当烈士,每天都给自己念丧礼祝词,给自己洗'入殓浴',裹好裹尸布上战场,可最后没死成。哈哈!你看看,现在的结果如何?你们当初那样拼命打,最后钱都进了谁的腰包?如果你当时真死了,可能还会有人编首歌来歌颂你。现在倒好,啥也没捞着。"那位青年没有跟着笑,而用一种略带严厉的语气说:"我把我的战友都骂了一遍,告诉他们:'我们战斗并不是为了获取利益、豪宅或者防弹车,而是为了更高的信念。'"司机又发出他那种阴阳怪气的笑声:"你看,你当初又是冲锋又是打仗,那可是'圣战'啊,结果最后啥也没你的份。别人都娶了四房太太,而你连一个媳妇都没有。"青年突然说:"你难道不知道,我这段时间都去过哪里,又是为了什么回到这里?"司机又是那种怪笑:"难不成你娶了个女人?女人可是能把信徒改变成一个

'异教徒'呢，你这个野小子要是把异教徒女人带回家，可就稀奇了。"

我终于忍不住开口问他："既然你说他是你外甥，你居然不知道他娶没娶老婆？"虽然有些冒险，但我还是问出口了，话出口后我还心有余悸，仿佛脖子上套着无形的绞索。司机说："妹妹，你误会啦。坐我的车的人，如果是年轻小伙，我管他叫外甥；如果是年轻姑娘，我管她叫妹妹。这是我们这行的规矩。谁说司机都不是好人？我敢发誓，这一带的所有人都得感激我，如果没有我，许多女孩在路上可能就被绑架了。我见多识广，一看你的姿势神态，就知道你出身好，是个正经人。"

然后司机又问另外两个年轻男人怎么评价"战争"。他们顾忌新政府的青年，也不知道该怎么说才好。跟年轻女孩挨着坐的男人勉强说："战争很可怕，不是谁都能打的。你当初真英勇啊！"他显然在奉承那位青年，可青年听了并不怎么动容，只是再次以那种冷静的口吻说："就在前面，这个位置，我们和前政府军打了起来。我们这边死了两个人，他们那边死了八个人。"他边说边指着一所学校的方向。司机又插嘴："那你那些牺牲的战友，他们家里得到了什么补偿？你自己有拿到点好处吗？还有，听说你娶媳妇了？要是真娶了，可别是个丑媳妇啊！哈哈！"那位青年依旧不接他这个话茬，而是继续说自己曾经打电话给某个毛拉[1]，质问他们："我们当初就是为了某些人能过上人上人的生活而打仗的吗？以前那帮人来剥削我们，现在换这一帮人来剥削我们，以后换别人来继续剥削我们。总之打仗就是在给某些人捞钱。"司机又阴阳怪气地笑："那你现在打算怎么办，带着老婆孩子去伊朗，还是留下来？当年我载过四个新政府的人赶路，结果

1　对伊斯兰教学者的尊称。

出事了，我差点也被送进监狱。你们要'殉教'可别带上我，我可不想送死。"然后转而对我说道："妹妹，你知道我们那地方这十年死了多少人吗？成千上万啊！起码有七千人是'半大小子'呢！"

车子又出了故障，司机和那位青年下车察看车子的状况。过了一会儿，司机冲车里探进脑袋，又开始骂修车的师傅："这破车老坏，我回去肯定收拾他！"他们在路边拦车借工具，好不容易才借到工具把车修好。司机坐回位置，继续吹嘘："妹妹，看到那座小山了吗？有一次我就在那里让两个男人下了车，然后拔出手枪指着他们。他们一见到枪，立马抖得像娘们儿一样，拼命求我别杀他们。"

当时天气炎热，风里带着热浪，就像置身于火炉。车子继续行驶，我们继续听司机讲他为什么想杀那两个人："他们想带一个姑娘私奔，于是我把那俩娘娘腔扔在山坡上，把那姑娘送回她家，还狠狠打了她一耳光。现在那姑娘已经生了六个孩子了，她家人每次见到我都感激得不得了，简直要给我敬礼啊！"他说着停下，似乎在等我们对他的"壮举"做出反应，"他们全家都对我恭恭敬敬！"

我微微点头，重新整理了一下面纱。这时女儿从睡梦中醒过来，手脚乱动。司机问我："是女儿还是儿子？"我说："是女儿。"他说："哎呀，现在这种形势，还是儿子好啊。"那位青年又像自言自语般说："反正我打算离开这里，去一个有吃有喝的地方。伊朗、土耳其我都去过了，现在更想往麦加¹那边去……"司机又插嘴问："那你老婆怎么办？"他默不作声，没再回答。

车子快到分岔路口时，司机得决定先把谁送到终点。我心想最好先把新政府那位青年送

1　伊斯兰教圣地，位于沙特阿拉伯西部。

走，但司机说："先把这位妹妹送到她家，我们再走另外的路，不耽误时间。"我懒得计较，因为这一路的"奇闻轶事"让我听得脑袋发胀。眼看就要到我家那条巷子了，我赶紧让司机停在路口让我下车。他说："那我们也不绕远路了。愿你一路平安。要是我这些外甥不急，我还能把你送到家门口呢。"

我有点害怕，担心那位青年记住了我的住址，万一他们上门找我怎么办？想起有人说过："新政府的人连你家院子里种了几棵树都知道。"我心里一紧，觉得他也许记住了我家大门的颜色，还有我这么一个不带成年男性亲属就敢出门，还让司机放音乐的女人。但转念又想，也许我对他来说只是个匆匆过客，他应该不会在意吧。

盖麦儿

当艾哈迈德的生命快走到尽头时,他说:"把盖麦儿的手放在我的胸口上……"他姨妈流着泪,把自己的手放到艾哈迈德手里说:"这是盖麦儿的手。"艾哈迈德轻轻抚摸那只手,然后放在胸口上,连叹三声,把所有疲惫与思念都通过这只想象中的盖麦儿的手释放出来,接着吐出最后一口气,离开了人世。

艾哈迈德在赫尔曼德省的桑金区[1]当了九年士兵。他十七岁时从母亲的包袱里偷来自己的

1　赫尔曼德省的一个地区,战争多发。

身份证，独自到征兵中心报到，从那里启程去了赫尔曼德省。到达后，他给母亲打电话："妈妈，为我祈福吧。"在此后五年里，他每年都给母亲寄回不少礼物和钱。母亲虽为整年见不着儿子而忧伤，却也为他多少有所收获而高兴。一个夜晚，母亲做完礼拜后倒头睡去，毫无征兆地去世了。母亲死后，艾哈迈德把姨妈当成母亲一样看待，向她讨要祈福，而姨妈常催他赶紧娶媳妇。

姨妈之所以在艾哈迈德心中比母亲还要亲，并不仅仅是因为她对艾哈迈德的祝福与叮嘱，还因为她有个女儿，名叫盖麦儿，十五岁，肤色略深，很有魅力。艾哈迈德早就对盖麦儿情有独钟，所以跟姨妈十分亲热。后来他把自己所有的积蓄与存款都交给姨妈，说："除了您，我没其他亲人了，我的钱您留着用吧，需要花时随便花。"那句"需要花时随便花"，足以向姨妈证明他的心意。那一年，艾哈迈德把姨妈视作母亲，时常偷偷留意盖麦儿。此时，盖麦儿还在上学，常与邻家姐妹一起嬉笑玩耍，也会帮家里干些活儿。她是姨妈的幺女，姨妈对她更是疼爱，心中盼望着有朝一日盖麦儿能完成学业，再嫁个有钱人家，最好能离家不远，早早生儿育女，过上安稳幸福的日子。

贫困的生活迫使姨妈不得不动用艾哈迈德的钱，十万阿富汗尼已用了大半。姨妈心中发愁：一是愁自己用了艾哈迈德的钱，对他有亏欠，二是愁盖麦儿的未来。等到艾哈迈德放假时，他带着大包小包的礼物回到姨妈家，姨妈心惊胆战地接过。艾哈迈德看到盖麦儿这一年长高了些，也稍微发胖了些，看起来更加标致，心想："现在是求婚的好时机。"但他不好意思直接跟姨妈提，便找来村里的长辈，跟他们一起去姨妈那儿提亲。姨妈一听长辈开口，又想到自己用掉了艾哈迈德不少钱，便说不出什么拒绝的话，即使忧心忡忡，也只得含糊地答应了。

姨妈转身去和盖麦儿商量，盖麦儿却说："我宁可去死，也不要嫁给艾哈迈德。"她说自己要继续上学。母亲又是哭又是求，最后还是无济于事。可无论盖麦儿怎样抗拒，家里还是拿出了彩礼，正式向整个家族与乡亲宣布——盖麦儿和艾哈迈德订婚[1]了。盖麦儿发誓自己绝不会心甘情愿嫁给艾哈迈德。母亲只好劝艾哈迈德："孩子还小，让她先上完学，暂时不要打扰她。"艾哈迈德以为是女儿家羞涩，也没多想。因为如愿以偿订了亲，他非常高兴。回到赫尔曼德省时，他每晚都给姨妈打电话，聊个不停，问盖麦儿的近况和学业，还托姨妈好好照看她。每个月，艾哈迈德都把全部军饷

---

1 在阿富汗，订婚始于正式的求婚仪式和一种名为"Shirini Khori"（甜点分享会）的庆祝活动。订婚通常持续一年或更长时间。在此期间，女孩的一切开销由男方及其家庭承担，不过女孩仍居住在父母家中。订婚期结束后举行婚礼，新娘正式入住新郎家开始婚姻生活。

寄给姨妈，用来给盖麦儿置办衣物，好让她穿得漂漂亮亮。

　　盖麦儿每月都去城里买新潮衣裤、鞋包，用艾哈迈德寄来的钱把自己打扮得时髦又光鲜。这份"阔绰"让她更显美丽，引来了村里不少年轻小伙的注意。村里有个身材健壮、相貌堂堂的男孩暗中给盖麦儿写下自己的电话号码，盖麦儿就偷偷用母亲的手机打电话给那个男孩，两人一见如故，当即暗生情愫。后来，那男孩给盖麦儿买了一部手机，两人的联系变得更加频繁。盖麦儿甚至偷偷溜进男孩家里跟他见面。上学成了他们幽会的借口，两人为了见面还特意绕远路走。没多久，盖麦儿"有外遇"的消息不胫而走，传到姨妈耳里。

　　姨妈害怕被街坊四邻耻笑，赶忙给艾哈迈德打电话："你赶紧回来把婚礼办了吧。"艾哈迈德马上从赫尔曼德省赶回来。两周内就把婚礼办完，把盖麦儿正式迎进了自己家里。母亲为女儿做了各种迎亲的仪式，觉得这样就避免了流言蜚语。可在新婚之夜，盖麦儿始终维持她先前的誓言，不肯顺从艾哈迈德的请求。艾哈迈德反复哀求，她却不为所动。艾哈迈德只好把这当作新婚女儿家的"撒娇"，暂且忍了。可婚后的盖麦儿既不开口说话也不吃饭，既不和艾哈迈德交谈，也不做任何家务，只把自己关在屋子里。大家请来了毛拉，用宗教仪式或符咒让她吃了些饭，可是再怎么乞求，都无法让她真正接受艾哈迈德。艾哈迈德心灰意冷，一个月后，只好再次启程回到赫尔曼德省。

艾哈迈德一走，盖麦儿又恢复原状，继续那段"外面的感情"。任凭母亲怎么劝诫或咒骂，她都不理会。就这样又过了一年，艾哈迈德再回到家，她就像一个无魂的"行尸"，整天待在家里，对他毫不理睬。艾哈迈德为取悦她，带她逛街买东西，也得不到任何回应，最后失望地再次回到部队。连续三年，都是如此循环。

　　直到有一天，运送艾哈迈德和战友的车子遭遇火箭弹袭击。艾哈迈德身负重伤，被送回家，在床上躺了整整四十天。临终前，他说："把盖麦儿的手放在我的胸口上……"但他真正握到的是姨妈的手。艾哈迈德叹息了三声，把一生所有的疲惫和渴望都化作那最后的一口气，与世长辞。后来，他被安葬在母亲坟旁，墓前插着一面绿色的旗子，随风飘扬。

阿克马尔叔叔的草棚和
他美丽的妻子

那一年仲夏，在我们院子一公里外的地方，有人搭起了一个草棚。这座草棚在哈密瓜田的中央，预示着我们即将迎来一户新邻居。草棚的主人自我介绍后对我的叔叔说："我和我的妻子俩人一起住。希望以后能和你们家多来往。"叔叔特意叮嘱我们，不要忘记给新邻居送去晚餐。

那天晚上，是新邻居在草棚里安顿下来的第一晚。我母亲准备了一碗米饭和一盘沙拉，放在托盘里交给我，让我送去给他们。我们的院子是那片广阔平原上的第二座院子，往后再远望，目之所及皆是麦田、棉田、哈密瓜田和其他农田……在那片平原上，散落着许多草棚，离我们最近的就是这座新建的草棚。我小心翼翼地端着托盘，沿着田间狭窄的土路前行。这条路松软不稳，如果踩得不够结实，我可能会摔倒，让托盘里的食物洒落一地。

我一路气喘吁吁，终于来到草棚前。屋里，夫妻二人正坐在一起，聆听着从一台小巧的红色录音机里传出的音乐。看到我，他们立刻起身，妻子面无表情地接过托盘。我没有仔细打量草棚内部，唯一让我印象深刻的，是那位妻子的一双硕大的眼睛。回家后，我对母亲说："她长得真漂亮。"

两三天后，我们都知道了新邻居的名字，大家叫他阿克马尔叔叔。他身材高大，比周围所有男人都要高，皮肤黝黑，鼻梁高挺，面庞瘦削，更像是个普什图人，但他自己声称是塔吉克人[1]。大多数时候，他手里握着一把铁锹，有时也扛在肩上，朝灌溉渠走去。他刚刚结婚，还没有孩子。

阿克马尔叔叔的妻子像深闺中的皇后，最初我们几乎见不到她的身影。直到后来，在丈夫的鼓励下，她才慢慢出现在屋外，站在门廊下晒太阳。她向母亲和邻居妇女们介绍自己，她的名字叫贝娅特丽丝。母亲从未听过这个名字，也没想过它有什么特别的含义，只是觉得奇怪——这个女人怎么会有这么与众不同的名字？

邻居妇女们纷纷好奇地问她："这个名字是哪里人的名字？"贝娅特丽丝大笑着答道："猜猜看！"有个邻居干脆管她叫"瓶子"，觉得这样更容易记住。我们笑着问："为什么叫她'瓶子'？"她理所当然地说："瓶子和贝娅特丽丝[2]不都是一样的东西嘛！"

---

1 阿富汗的第二大民族，主要分布于阿富汗北部。
2 在波斯语中，这两个词的发音相像。

贝娅特丽丝比电影明星希里黛玉[1]还要美。当我们给她看希里黛玉的明信片时，她大笑道："这哪是美女？你看看她那大鼻子！"

过了两三周，阿克马尔叔叔的草棚就成了我们常去的地方。每天放学后，我们都会直奔那里。一见我们来了，阿克马尔叔叔便离开屋子，扛着铁锹去地里干活。而贝娅特丽丝总是放声大笑，笑声中带着一种醉意，令人惊叹。她那双又大又迷人的琥珀色眼睛，仿佛带着魔力。她的鼻子高挺秀美，牙齿洁白如贝。

贝娅特丽丝生活在一座简陋的草棚里，周围是租来的田地，而她的美貌和气质却完全不属于这样的环境。她的存在，让我第一次对"矛盾"这个词有了清晰的认知——在这片农田中，似乎有些东西不太对劲。

她的衣着也与周围的环境格格不入。她身

1　印度国宝级女星，共演过 236 部宝莱坞电影。代表作有《印度先生》《印式英语》《一生与瞬间》等。

穿各式各样的彩色长裙——火红、天蓝、奶油色、祖母绿、雪白、漆黑和深蓝，每一件都比上一件更加华丽。当她穿着长裙站在田间，远远望去，就像是一位落入人间的仙女。

我和周围的女孩们总是忍不住偷偷打量她，羡慕她那双琥珀色的大眼睛。有时候，在我们聊天的过程中，她会突然起身，走到草棚外，轻轻拨弄着自己的头发，让风吹乱它们。有时候，她会站在草棚旁的水渠边，把长裙拉平，与上衣对齐，让自己看起来更挺拔。而那一刻，她那纤细的腰肢和光滑白皙的腹部，便在我们眼前若隐若现。

贝娅特丽丝从未上过学，但她聪慧过人，对电影了如指掌。她讲起宝莱坞影星的八卦时，总是充满趣味。然而，她对家务活毫无兴趣——既不在意草棚的整洁，也不爱做饭。她大部分时间都沉迷于听音乐和在白手帕上刺绣。她把自己的一头乌黑秀发剪成了印度宝莱坞电影《拉贾》中玛杜丽·迪克西特[1]的同款发型，每当她散开头发，发丝就如同电影中的玛杜丽一般，一缕缕轻盈地飘落在肩上。

贝娅特丽丝很喜欢讲述自己的生活故事，尤其是她如何与丈夫相识，又如何最终走向婚姻。她曾向我们讲述了一个关于自己人生的故事，而我只记住了其中的一句话："可惜，这么漂亮的姑娘竟然去自杀。"我既没有关注她自杀的过程，也没有去探究原因，只记得她自豪地说出"这么漂亮的姑娘"的样子，这个说法莫名地让我感到一丝羞耻。我总觉得，一个人描述自己时应该有所收敛，但她却用一种令人厌恶的方式夸耀自己，把自己看作与众不同的存在。

贝娅特丽丝会把自己和丈夫的衣物收进一

1　印度著名女演员，以精湛的舞蹈和演技闻名，被誉为"印度舞神"和"二十世纪九十年代宝莱坞天后"。代表作有《情到浓时》《讲心不讲金》《宝莱坞生死恋》等。

个白色的袋子里，每当袋子装满，她就让弟弟背着送去给母亲洗。母亲总是在第二天把洗净、熨好的衣物整齐地包在一块白布里，再送回村里。和贝娅特丽丝不同，她的母亲和弟弟皮肤黝黑，相貌平平。母女二人唯一的相似之处，是她们都长着一口整齐的小牙齿，但这种牙齿在母亲嘴里显得刺眼，而在贝娅特丽丝嘴里却十分美丽。贝娅特丽丝的父母是贫苦的劳工，靠日复一日的辛勤劳作维持生计。她母亲曾对我们说："如果你们家里需要帮佣或洗衣工，一定要告诉我。"我们几个女孩面面相觑，对这对母女言行举止间的差异感到不解。

贝娅特丽丝的母亲说话时嘴角会泛起白沫，她向我们讲述了女儿的婚姻和自己一家颠沛流离的故事，尽管我们并未主动向她询问过。"我丈夫在马扎里沙里夫卖土豆，在土豆市场上，他认识了一个叫阿克马尔的人。阿克马尔低着头对我丈夫说：'别把我当朋友，把我当儿子。'我丈夫是个心地善良的人，轻信了这小子，把他带回了家。这小子一进门，看到我女儿就像蛇一样缠上了我们。后来，他和我丈夫合伙做生意，把所有的重活都揽过去干了，整天殷勤地帮忙，直到我丈夫彻底信任他，每天都带他回家。就这样，他又把自己年迈的母亲从塔哈尔省带到马扎里沙里夫，还带着一些巫术符咒潜入了我们家。没过几天，我女儿和阿克马尔就定下了亲事，还举行了婚礼。我们根本不知道怎么回事，就这么把心肝宝贝送给了他。阿克马尔曾发誓要一辈子留在我们家做牛做马，但才一个月，他就说要回塔哈尔省，还要带上我女儿。我和我丈夫哭着喊着，一路从马扎里沙里夫追到这里。如果不是命运捉弄，我们怎么会落到这步田地？我们和阿克马尔这种黑小子本就不是一路人。这一辈子，我就只有这一个女儿，还有一个儿子。"

我们四个女孩听得渐渐厌倦了，正打算起

身回家。可贝娅特丽丝的母亲眼泪汪汪，泣不成声地恳求道："坐下吧，姑娘们，听我说完。"她接着说道："阿克马尔的母亲是个狠毒的女人，冤枉了我的女儿，我女儿因此要自杀，多亏我们及时送她去医院才救回一命。我拼命争取，才好不容易让她搬出来，哪怕只是住在这简陋的小村落里。"

她用红色头巾的角擦了擦眼泪，说："你们等着，我去给你们拿点瓜吃。"说完，她朝瓜田走去。沉默了几分钟后，她带着两个甜瓜回来了，把瓜切开，递给我们。贝娅特丽丝却毫无食欲，陷入了沉默。母亲轻轻抚摸着她的发梢，说："吃点吧，孩子。"

我们无法理解，这段婚姻为何让她们母女如此痛苦？阿克马尔年轻力壮，身材高大，鼻梁挺直，是个勤劳的人。但他究竟做了什么，让妻子和岳母如此不满？在那一个月的相处中，我们看到的阿克马尔是爱着贝娅特丽丝的。

他们总是有说有笑，感情看似融洽。然而，贝娅特丽丝的眼神深邃而神秘，仿佛隐藏着什么不为人知的秘密。

瓜田的丰收季过去了，他们要从草棚搬走了，贝娅特丽丝临走时对我们说，希望我们能去她家做客。她家就在附近，一棵高大的白杨树后面，院子不大，只有两间土房，窗户又小又旧，厨房则位于葡萄架下。院子里除了葡萄藤，还有一棵中等大小的杏树，树荫正好遮住了房间的窗户。

贝娅特丽丝把大一点的房间作为卧室兼客厅，另一间作为储物室，存放一些零碎的物品。她最喜欢坐在窗边，每当有人推开院门，她那双琥珀色的大眼睛便会从窗后投来目光，仿佛是这座小院中的一盏明灯。

她从不吐露思乡之情，也不埋怨贫困和困苦。她总是笑着，显得很快乐。她几乎不与丈夫的亲戚往来，在这里与她来往的，只有我和几个住在附近的女孩。她总是涂着深棕色的口红，喜欢用一条白底黑点的头巾把头发扎成马尾。有时，我们望着她修长的身姿，不禁觉得她与阿克马尔完全不搭，仿佛是从电影里走出来的女子，被误送进了阿克马尔的家。

一年后的某个清晨，阿克马尔叔叔从睡梦中醒来，发现贝娅特丽丝不见了。她不在床上，不在院子里，不在庄稼地，也不在白杨林。他慌忙跑去岳父岳母家，发现院门敞开着，院子里一片狼藉，衣服、被褥、枕头、塑料水壶、洗脸盆……一切都在熊熊燃烧。浓烟缭绕着这座空荡荡的院落，房间里更是空无一物。阿克马尔双手猛地拍打着自己的大腿，绝望地喊道："她跑了！他们把我的妻子带走了！"

阿克马尔叔叔追了几座城市，最终无功而返。他对母亲说道："您当初劝过我，不要娶一个身世不明的女子，我没听，现在这就是我的报应。"一个月后，阿克马尔叔叔的母亲给他找了一位寡妇，热热闹闹地操办了婚礼。这一次，阿克马尔叔叔与新娘站在一起，看起来相当般配。至于神秘的贝娅特丽丝，她大概去了别的城市，去寻找自己真正的归宿，或者成了真正的"电影女主角"，不让自己的美貌白白浪费吧。

我们没有任何关系

1

我说:"我们没有任何关系,没有任何关系。"

当我说出这句话时,她沉默了。她那双黑色的眼睛瞬间失去了光彩,整个人蜷缩着,退到角落里寻求庇护。我没有再试图让她开口,她沉默了,直到聚会结束都没有再说一句话。

我不知道那种感觉是愧疚,还是她眼中光芒熄灭带给我的焦躁不安。我感到不安,却假装若无其事,说了很多话,不停地说,说到最后连自己都厌倦了，厌倦了从自己嘴里吐出的每一个词。我甚至没有和妹妹交谈，而她比我更亲近妹妹。

距离那一天，已经过去了七年。然而，她的目光却从未真正离开过我，一直萦绕在我的记忆里，折磨着我，甚至在夜晚也让我无法安宁。那种记忆，就像作家巴赫蒂亚尔·阿里笔下的那只蝴蝶[1]，每当它浮现在我的脑海，我便感到窒息，从心底深处感到呼吸困难。我写下这些文字，献给她，献给她那双无辜、无助的黑色眼睛。

她曾对我说，我们有血缘关系。要是我当时没有否认就好了。如果回到当时，我想说："是的，你母亲确实是我父亲的表妹。"

那一天，她带着丈夫的家人来为我妹妹提亲。是她想撮合这门亲事，并带着自己的公婆

---

1 巴赫蒂亚尔·阿里的作品中，蝴蝶象征着痛苦，轻盈却挥之不去，像是一种无法摆脱的伤痛，给人带来折磨。

前来。他们还带来了那位"王子"的照片，一个劲儿地说："他是个好小伙子，把女儿嫁给他吧，她会幸福的。"他们希望我妹妹能看看这位小伙儿的照片，如果有一点点好感，就答应这门亲事。

如果他们最后才告诉我们，他们是受谁的引荐才登门拜访的，那该多好。但有人一进门就说："是塞塔拉带我们来的，她说我们是亲戚，还说你父亲是她母亲的表兄弟。"

我立刻脱口而出："不！我们没有任何关系。"

为什么我会这样说？是什么促使我这么做？我当时在想什么？又是什么感觉？我有多么羞愧啊！

我一瞬间让她眼神的光芒彻底熄灭。我杀死了她眼中的光，多么残忍！我害怕自己。我怎么能如此冷漠，如此无情，如此残酷？

她像一只蝴蝶一样散开，仿佛化作千上

万只彩色的蝴蝶。而她眼中的光芒，足以遮蔽
太阳，更别说摧毁我了。

2

塞塔拉沉默了，没有说话。即使她笑了，
那笑容里也带着勉强。婚事的谈话结束后，他
们离开了我们的家。父亲拒绝了这门亲事，他
说："我不会把女儿嫁给伊夫塔尔[1]的人。"就
这样，这个故事到此结束了。

但塞塔拉的目光却始终没有放过我。今天，
当她的姨母提起她时，我忍不住拿起笔，希望
能借写作把她的目光从我心头抹去。

这些年来，我反复回想起那一天，也思考
过自己为什么会说出"我们没有任何关系"这
句话。这一切都源于那些故事——那些令人恐
惧、不安的传闻，那些关于塞塔拉第一次婚姻
的流言，被人们口口相传，迅速传播开来。这

---

1 阿富汗巴达赫尚省的一个地区。

些谣言仍是新鲜话题，在一个又一个家庭之间流窜，在村落之间悄然蔓延。

"那个挂着牌子的屠宰场里的死人。"这个传闻从一个人的嘴传到另一个人的耳朵，再从一户人家飘向另一户人家，从一个村庄流入另一个村庄。而那双天真明亮，又带着骄傲的眼睛，终究成了这场风波的牺牲品。她的睫毛曾无数次被泪水打湿，她的光芒也因此暗淡了。然而，人们没有怜悯她，我也没有。

难道世人的话语真的如此强大，以至于让我忽视了自己内心的声音？从我说出那句话的那一刻起，直到现在写下这些文字，我始终充满悔意，深感羞愧。可悔恨又有什么用呢？

3

我涂了黑色的指甲油，尽管已经试着擦掉，但指甲上仍然残留了一点痕迹。那天我有一个研讨会，至于主题是什么，我已经记不清了。

与会者中有一位毛拉。他对我说："你身为老师，怎么能涂指甲油？难道你不知道，涂指甲油的人在完全擦掉并进行沐浴净身之前，都是处于不洁状态的吗？"

我看着那位毛拉，说："我已经尽力擦掉了，但没能完全清除，只能做到这样。"

毛拉说道："只要你感到懊悔，就足够了。懊悔本身就是一种忏悔。"

当时听到这番话时，我的确松了口气，觉得自己得到了宽恕。然而，现在回想起来，我发现自己无法仅仅通过"我后悔了"这句话来让自己释怀。

我的懊悔毫无意义，我的忏悔也无济于事。

我的忏悔和懊悔，又能减少多少塞塔拉心中的痛苦呢？也许，我当时说的那句话会困扰她一生。她为了摆脱所有的流言蜚语，紧紧抓住了一根稻草，告诉她的姻亲，说她和我的父亲有亲属关系。

如果我当时回答："是的，我们有亲属关系，我们是一家人，她属于我们"，这对我又有什么损失呢？

要是我当时能有这样的勇气就好了。

4

塞塔拉变得憔悴，皮肤暗淡了，身形也比以前更加矮小，整个人似乎都被压弯了。我害怕她的身体，害怕她曾孕育生命的子宫，对她的一切充满恐惧，但唯独没有想到，她的目光竟然如此有力。其实，真正强大的，是她的心。她的心既温柔又孤独，承载着无数得不到回应的爱——那是对孩子的爱，可在失去孩子后，她不知道还能把这份爱倾注给谁；那是对那个男人的爱，而那个男人用一纸伪造的婚约把她骗进了一个提供性服务的地方，让她的人生彻底改变。

她所有无法倾诉的爱，最终把她的心击碎，而她的眼神，有着足以将人压垮的重量。

仅仅因为我的一句话，七年来，我都无法摆脱她的目光。而那个伪造婚约的男人呢？如果有一天，他站在真主面前，他会如何解释自己的所作所为？显然，在这个黑暗而光明的世界里，他不会对任何人负责。人类根本不需要为自己的行为承担后果，这是事实。没有人需要为任何事情付出代价，每个人都可以随心所欲地做自己想做的事。

那个男人靠着娶妻建立了一个妓院，他的"合法"妻子们支撑着这个地方。关于他的第一任妻子，人们曾这样议论：她是多么勤劳，多么能干，多么全心全意地服侍自己的丈夫，甚至甘愿为了那个伪造婚约的男人奉献一切。她皮肤白皙，身材瘦削，还生了两个孩子，竭尽全力地操持着那个妓院。无论如何，那都是他们赖以为生的地方。

5

塞塔拉曾说自己的阴道消失了，身体那部分已失去功能，没有任何知觉，甚至无法控制小便。我总忍不住想象，当她发现自己失禁时该有多难堪？

这个女人编出很多离奇虚假的故事，我不知道她为什么要这样做。后来我才知道，这些都是她丈夫编造的，通过她的口给人们灌输了数百个荒诞的故事。

据说塞塔拉新婚之夜随丈夫回家时，才发现自己不是处女。丈夫质问："你家附近住着多少年轻男人？"她报出几个名字后，丈夫选了一个，命令她对外宣称此人强奸了自己。塞塔拉惊愕反驳："他没强奸我！"丈夫却坚持道：

"先按我说的做。"

流言称那男子背景复杂，但塞塔拉深陷痴恋，接受了第一个谎言。她向所有人哭诉："我曾是处女，邻居某某的儿子强奸了我。感谢丈夫宽恕我。"这场"宽恕"与"非处女"的闹剧，成了更多骇人故事的起点。

人们推算她的年龄，断言她初婚时仅十四岁——一个十四岁的子宫与阴道，却被传"服务过无数男人"。有人说她初次献给了丈夫，另一些人则咬定新婚夜丈夫就将她高价卖给性瘾富豪，声称"这是十四岁的处女"。这些传闻在民间疯传。塞塔拉本人从未公开谈及那夜的细节，只向多名声称"深爱她"的男子倾诉过，包括一个承诺"我会拯救你"的年轻人。

6

一位亲戚问塞塔拉，她的丈夫从那些陌生

男人那里收了多少钱，让她陪他们睡觉？塞塔拉说："并没有什么不正当的事，我也没看到什么不正当的事。这些男人带来了食物，我和安巴格[1]准备好后，大家一起吃了晚饭。吃完饭洗完碗后，我和安巴格便去休息了。稍晚些的时候，我丈夫背着 AK-47 步枪去巡逻。我和安巴格去找那些男人，他们当中有些人喜欢独处，有些人则愿意与人交往。"塞塔拉忍受了两年这样的生活。她说，这两年期间他们换过好几次院子，因为警察会追踪到他们，而警察也成了她和安巴格的噩梦，不仅侵犯她们的身体，还分文不给。后来她丈夫愤怒地不断更换地点，只为勉强维持生计。塞塔拉多次问丈夫，为什么不做其他工作，为什么不去找正经事做？丈夫回答："每个人生来都被赋予某种使命。"塞塔拉反问他："是你让我们做的这种

1　阿富汗实行一夫多妻制，"安巴格"泛指所有通过正式婚约结合的配偶。

'工作'，你自己又是被赋予了什么使命？"

　　这些故事我只是听说。除了塞塔拉犀利的目光和追问的眼神，我从她身上看不到其他东西。她的目光紧追着我，反复问道："你比我更纯洁吗？你比我更高贵吗？"她问得对，无论是我，还是其他任何人，没有人比她更纯洁或更高贵。

7

　　塞塔拉的故事，从一开始就成了人们口中的谈资。她的求婚、订婚、婚礼以及婚后的一切，我全都知晓。而那些我未曾听闻的故事，不知是从谁的嘴里流传出来，又被四处散播。塞塔拉的经历仿佛带着某种吸引人的魔力，让人们忍不住去谈论，去添油加醋。只要她无意间吐露一点线索，流言便如野火般蔓延，人们凭借这些零碎的言辞，编织出无数版本的

故事。

她与那个骗婚的男人离婚后，曾一度精神崩溃。她已经习惯了那个充满污秽的环境，甚至多次生出想要回去的念头。有一次，她瞒着家人，独自去了那栋曾挂着招牌的院子。也许如今那地方已不再悬挂招牌，但它仍有固定的客人，因此地址依旧为人熟知。塞塔拉去了，见到了自己的儿子，然后又默默离开了。人们说，她是因为思念儿子才去的。

她在那场虚假的婚姻中生下了一个儿子，在她那受尽折磨、布满伤痕的子宫里孕育而成。人们说，那孩子与那个经营妓院的男人如出一辙，连头发丝都像极了他。

那个男人站在法庭上为自己辩护，将塞塔拉的一切指控都驳回，并最终带走了他们的儿子。而塞塔拉，再一次遭受沉重的打击，带着满身的伤痛和一肚子的恐怖故事，回到了村里。她向众人展示自己的衣物，甚至是贴身的衣物，尤其是她的尿布，并对他们说：

"我已经无法控制自己的小便了。"

8

塞塔拉曾短暂地单身过一段时间。在那短暂的单身日子里，她的子宫和阴道或许得到了休息与恢复。有趣的是，塞塔拉的求婚者竟如潮水般从四面八方涌来。这一次，她的嫂子提出条件："除非见到你的家人，否则我不会把她交出去。"

塞塔拉没有父母，只有一个同父异母的哥哥，而他也忙于生计，拖家带口。她还有两个姐姐，大姐已婚并承担起了照顾两个妹妹的责任。塞塔拉从大姐家搬到了那个骗婚的男人的家中，但她离开时并非穿着白色寿衣，而是身披彩色衣裳，最终也没有走向墓地，而是回到了家中。塞塔拉不是"命苦"，而是"运衰"。

求婚者们频繁出入她嫂子的家，以致嫂子抱怨道："我快破产了！根本供不起这么多人来喝茶。"

某天，一个衣着光鲜、笑容满面的十口之家来到塞塔拉嫂子家中。他们赢得了认可，当场掰开糖块许下甜蜜承诺，并补充道："新郎和新娘一样，也历经坎坷。希望这两位饱经风霜的人能彼此理解。"

塞塔拉第二次结婚时，甚至不愿抬头看新郎一眼，她仍深爱着前夫。对她而言，下一任丈夫是谁已无关紧要。

塞塔拉曾提起前夫生意场上的一个客户："那是个年轻男孩。我不知道他从哪儿来，但他一见到我就说：'你是被囚禁的人吗？谁把你带到这里的？要我救你吗？'"她没讲完这个故事。有人说，或许塞塔拉爱上了那个男孩。

啊，塞塔拉！看看你的故事落到了谁

手里？

七年后，轮到我梳理并写下这一切。写下又能如何？只求你眼中的光芒别再纠缠我。我本无足轻重——作家本就无足轻重，不过是个写故事的人罢了。但至少，我本可以那天就说："是的，她是我们的人。她母亲与我父亲有亲缘。"我的祖母若在世，定会羞愤地说："我们可是有王室血统的！别给我们泼脏水。"

我内心某个角落曾回避祖母的存在，甚至否认与她的关系，却从未想过塞塔拉的眼睛——那双仿佛能洞穿一切的眼睛，以及她目光中灼人的光。

9

塞塔拉的皮肤呈小麦色，面容却泛着暗黄。人们说，那是她生命精髓被榨干后残留的枯稿。她的身体完好无损，一根头发都不曾缺失。那么问题究竟出在哪里？若说她的灵魂早已支离破碎，那也是她自己的事，为何世人要如此喧嚣？

要我说，人们痴迷的是塞塔拉的故事本身。他们狂热地想象着那个房间：百叶窗被厚帘遮蔽，门锁内外紧扣。在那封闭空间里，塞塔拉与一个面目模糊的男人独处，任由他一件件剥去她的衣衫。最可怕的是——她并非自愿，她的身体承受不了这般折磨。她的心早已属于门外那个男人：他在庭院或屋顶持枪警戒，或是佯装成护院，只为从陌生人对塞塔拉的掠夺中分得几枚铜板。

这个被塞塔拉深爱的男人，这个称她为"夫人"的丈夫，难道不是施暴者？他怎忍心摧残妻子孱弱的身躯？

据说他的第一个妻子是他的表妹，而他对表妹也如法炮制——如今她已是两个孩子的母亲。在那位表妹的宅邸中，立着三个巨大的铁皮箱，锁扣粗如儿臂。送亲队伍抵达当夜，就有人问箱中为何物。他的表妹淡淡答道："不过是些旧时光的遗物。"后来有伴娘透露，箱内装满华服、珠宝与脂粉，是塞塔拉和安巴格用来取悦客人的道具。但塞塔拉始终对铁箱避而不谈，只说："我们的日常与旁人无异。日出而作，日落而息，做着其他妇人该做的事，直到客人上门。

"那时一切都会改变。丈夫会突然回家吩咐：'准备过夜。'我们便着手备餐——所谓'夜宵服务'不过是幌子。那些男人像宾客般登门，而我们这些名义上的'妻子'照常生育、生活，仿佛与其他女人毫无分别。"

10

人们都说，塞塔拉的第二任丈夫"来路不

正"，他的过去污浊不堪，甚至让他的家人不得不低头，为他娶回一个曾在风月场所待过的女子。也许他们对此一无所知，也许他们只是以为这不过是世人的流言蜚语，像所有的传闻一样，不过是无端的造谣。

然而，他们对塞塔拉倒是极尽周到。结婚那年，她才十七岁，披着一身深红色的长袍，瘦小得像一片枯叶。她的丈夫是个五十岁的浪子，曾经颠沛流离，形单影只。对这样一个人来说，能娶到年轻貌美的妻子，简直是上天的恩赐。

有一天，一位曾向塞塔拉的姐姐提亲的女人来到茶室，故意拿腔作势地说道："哎呀，我家那小叔子现在可是不得了！自从娶了你们家塞塔拉，天天在祈祷毯上念叨：'愿真主保佑这个好人，愿她长命百岁！'"说完，她忍不住大笑起来，笑得连玫瑰糖罐都差点打翻。

塞塔拉成了那个富贵家族的一员。从此以

后，她再也不用干苦活，最多只是在晨礼前，为丈夫端上一壶温水供他净身。她学着用银簪盘发，和女眷们围坐在一起，嚼着杏仁糖谈笑风生。渐渐地，她甚至开始替家族筹划联姻，似乎只要为这个"贵族血统"添砖加瓦，她就能彻底摆脱过去的阴影。她看中了一位德高望重的远房亲戚，期待借这层关系让自己在家族中获得更多尊重。

而我又做了什么呢？

我当众冷笑道："八竿子打不着的亲戚，攀什么关系！"

可是在夜深人静的时候，当我翻阅族谱时，却发现现实狠狠打了我的脸——她的外祖母的姑母，正是我曾祖父的妹妹，我的父亲和她的母亲的血脉确实有交集。血缘关系，总是错综复杂，绕来绕去终究还是能连在一起。

在那个自诩"白匈奴后裔"的家族里，塞塔拉终于有了一张属于自己的雕花锦椅。可她总是不自觉地用手揉搓衣袖，仿佛想把人们探究的目光从绸缎上擦掉。她一定多么想甩开一切，对着这些所谓的贵族大声喊道：

"我什么家族血统都没有！我只是一个被碾碎了的人，只剩下这副空壳，这双炙热不安的眼睛，还有从灰烬里挣扎出来的残喘！求求你们，哪怕是怜悯也好，就当施舍一条流浪狗。我不是那些故事里勾引男人的妖女，我只是个曾被甜言蜜语欺骗得体无完肤的可怜人！请原谅我眼神锐利得像刀，那是因为它早已被现实磨得锋利无比……"

可是，塞塔拉什么都没说。她只是低下头，笑得像一只在暴雨中瑟瑟发抖的鹌鹑。他们给了她一个新的姓氏，把她的名字写进族谱，而她却始终如履薄冰，生怕自己的一举一动会暴露出什么端倪。她害怕人群，害怕光亮，甚至当我举起镜子想帮她梳妆时，她都惊慌失措地打碎了那面镜子。

是的，我也曾和这个世界一起，将她钉死在流言的十字架上。

如今，每当夜深人静时，我都会紧紧攥着那半片破碎的镜子，仿佛能在裂缝中看到她轻轻地笑着，对我说：

"姐姐，何必替我圆谎？你的眼神和当年的我，一模一样。"

11

是谁，或者是什么，让塞塔拉最终选择了揭露真相，打破沉默？

塞塔拉第一段婚姻在最初的两年里，一切看似正常。塞塔拉结婚了，怀孕了，生下了一个儿子。她的订婚和婚礼众人皆知。她的丈夫——那个高个子、白皮肤、浓眉大眼的男人——大家都见过。他的第一个妻子——那个同样高挑、白皙、美丽的女人——大家也都见过。所有人都知道，他的第一个妻子曾公开说："我已经无法生育了，我必须为丈夫娶个妻子。"是她亲口保证，塞塔拉一定会幸福的。

起初，尤其是当地的女人们，看到塞塔拉的丈夫时，都对她充满羡慕。有人夸他的宽厚肩膀，有人赞他的浓密发丝，有人谈论他结实的手臂，有人感叹他修长的脖颈，有人欣赏他的衣着打扮，有人陶醉于他的言谈举止。

然而，在两年后的某一天，塞塔拉突然抱着孩子出现在哥哥家门口，说是来做客。住了一天一夜后，她又说自己生病了，需要看医生。然而，她的哥哥和嫂子对此并不在意，没有理会她的请求。

几天后，塞塔拉终于掀开了她的衣裙，让嫂子看见了那可怕的真相——她的子宫已从阴道脱出，悬挂在体外。她流着泪低声诉说，这是因为那些陌生男人的反复侵犯，让她的身体彻底崩溃。

嫂子惊恐地将这个消息告诉了她的哥哥，哥哥立刻追问详情，塞塔拉也终于倾诉了自己埋藏已久的痛苦。听完妹妹的遭遇，哥哥和嫂子陷入了疯狂的震怒。哥哥开始四处追查当初的媒人，带着他们一起去了清真寺，并在那里将塞塔拉的悲剧公之于众。

　　他们带着塞塔拉的儿子，直奔那个曾迎娶她的家。可当他们抵达时，那个地方已是人去楼空。塞塔拉给出了几个他们可能躲藏的地址，可无论如何寻找，都无法找到那个男人的踪影。

　　最终，塞塔拉决定去找那个男人的母亲，也就是曾替他守夜的老妇人。面对逼问，那个男人再也无法躲藏，被迫露面。

　　案件被提交法庭。然而，在法庭上，那个男人却拿出了足以自证清白的诸多理由，辩护得滴水不漏，甚至让在场所有支持塞塔拉的男人都哑口无言。他既没有被定罪，也没有受到惩罚。原来，他早已算计好了一切，所有的漏洞，他都事先填补妥当。

而塞塔拉，失去了名誉，失去了尊严，身心俱疲地站在那里，面对一个不公正的世界。

她只想要回自己的孩子。可他们却质问她："孩子的父亲是谁？"

塞塔拉说，那个男人就是她孩子的父亲。可她的哥哥却冷冷地说："放下吧，不要背负这耻辱的印记。"

于是，塞塔拉独自一人，拖着那已经从体内垂落的子宫，抱着那个并不属于她的孩子，背负着一段冷酷而残忍的爱情，最终被世界遗弃。

就这样，真相被揭开了。

可她承受不起这个世界给予的冷漠与羞辱。她所有的痛苦、所有的无声呐喊，都被压在了她的眼神和心底。她的目光始终带着疑问、愤怒和绝望，望向那些曾经践踏她尊严的人——

为什么他们不曾尊重她？为什么他们把她当作一个可以任意摆布的性奴？

我始终觉得，她的目光从未离开过我。我永远无法摆脱她的注视，她会一直跟随我，直到永远。

她让我想起巴赫蒂亚尔·阿里的小说《如蝶》，那个男人见到自己的姐姐时曾问：

"姐姐，你怎么才来？"

就像那只被命运诅咒的蝶，我也与塞塔拉有着超越血缘的宿缘。她是我的姐妹，我将永远背负着她的苦难，她的泪水，她被处决的痛楚。

蝴蝶与墙

"既不要施加压迫，也不要屈服于压迫。"几个人用纳斯塔利克体[1]在斯平扎尔公司的俱乐部墙上写下了这句话。我努力想要读出"压迫"这个词，但我无法读出来。我尝试一个字母一个字母地拼读，还是读不出来。正当我挣扎时，有个人大声朗读了这句话，那是我第一次听到"压迫"这个词。从那一刻起，我对这个词充满了厌恶——厌恶它的"ظ"，厌恶它的"ل"，厌恶它的"م"，因为我无法拼读出"ظلم"

---

1 书写波斯－阿拉伯文字的一种字体，是伊斯兰书法中"六大字体"之一。

（压迫）。每次路过那里，我都会停下来，一遍遍地拼读"压迫"这个词，并愤怒地盯着那句标语。这句话是战争军阀授意写下的。在那个俱乐部里，聚集着一群男人，他们从阿富汗的四个邻国获取武器和资金，在国内彼此交战。

写下这句话的人是个善良的男人，也是我们城里著名的书法家。他有两个美丽的女儿，长女名叫纳杜什。纳杜什笑容甜美，每天下午都会和一群女孩在城市中心的市场卖博拉尼[1]。她的父亲端着博拉尼的盘子，热情地招呼路人来买女儿的博拉尼。纳杜什站在父亲身旁，带着美丽的笑容，额前的卷发随风飘动。她的父亲曾几次试图让她把头发藏进头巾里。

我很喜欢这对父女，但我没有钱买博拉尼，即使有，我也不会说他们的方言，无法表达："请收下这十个阿富汗尼，给我一个博拉尼，

1　阿富汗的一种传统饼食。

再找我剩下的钱。"我羞于开口。尽管如此，我始终喜欢纳杜什。后来，有人说纳杜什"变坏"了，说她"背叛"了父亲的名声。他们说，有个骑摩托车的男孩经常来到她家门前，而纳杜什像一只小鸟一样飞向那个男孩。可仅仅是"飞"向一个男孩，怎么就成了"背叛"？

后来，纳杜什的父亲离开了我们这座城市，带着他美丽的女儿们去了别处。人们说，他心碎了，也许是有人伤害了他。也许那个"伤害"他的人正是纳杜什，因为她朝一个男孩"飞"去了。但纳杜什的父亲从未施加过压迫，也从未屈服于压迫。他选择离开，去一个更大的城市，让纳杜什拥有更广阔的天空去飞翔。

纳杜什就像一只蝴蝶，但她的父亲不愿让她变成千百只彩色的蝴蝶——在一个色彩斑斓的黄昏里，仅仅因为飞翔，而被"信仰虔诚的男人们"处决。

共享的爱情

穆拉·扎曼·汗在十六岁时爱上了邻居家的女孩。那个女孩身材苗条，个子高挑。她有着明亮的蓝色眼睛，眼神像豹子一般锐利，给人带来很大震撼。每当穆拉·扎曼·汗望向她的眼睛，他总会不由自主地感到身心的震颤。穆拉·扎曼·汗请他年迈的母亲去邻居家提亲，并且当天便得到了女方答应结婚的答复。作为聘礼，他给了邻居一头奶牛、两只羊、一桶油、二百八十斤大米、二十八斤方糖和十四斤喜糖。这桩婚事在村里传开，大家为他们祈祷，希望他们能幸福。

穆拉·扎曼·汗在父亲家的院子里和他那位蓝眼睛的妻子开始了新的生活。每年，他的蓝眼妻子都会邀请他为新生的孩子念经并取名字。他给第一个孩子取名"赞布尔克"（小蜜蜂），并向真主表示感谢，因为上天赐予了他一个儿子。穆拉·扎曼·汗从那天起就设想着未来，他想象着自己靠在床头，赞布尔克长大后帮他赚取生活费的日子，心里想着："感谢真主，十五年后我将有一个帮手。" 第二个孩子在赞布尔克一岁时出生了，他们非常高兴，因为真主赐予了母亲一个帮手和一个伙伴。他们给女儿取名为"阿尔希娅"，并祈祷她能快快长大，能够接过母亲手中的扫帚。当穆拉·扎曼·汗的蓝眼妻子正在院子里扫地时，她笑着对自己说："十年后，阿尔希娅会在院子里扫地。" 阿尔希娅刚刚学会走路，母亲又生了一个女孩。对于这第二个女儿，家人并没有表现出太多的喜悦。穆拉·扎曼·汗对妻子说："我真希望你能再生一个男孩，这样十年后，赞布尔克长大后就有了帮手，他们兄弟可以互为臂膀。"他们为第二个女儿取名为"穆卡德斯"（神圣）。在她生下来之后，蓝眼妻子就忙着照顾赞布尔克和阿尔希娅，很少有时间关心穆卡德斯。穆卡德斯从一出生便被冷落，直到去世。她在年轻时意识到一个残酷的现实，那就是命运早已注定，她在所有事情上都只能排在阿尔希娅之后，连爱情也是如此。

穆卡德斯在十七岁时结婚，嫁给了一位深爱她姐姐阿尔希娅的男人。穆卡德斯用她那迷人的微笑和灰绿色的眼睛凝视着那个男人的脸，而那男人的目光却总是追随着她姐姐，迷恋着她姐姐的身材和长相。结婚一个月后，穆卡德斯意识到了自己生活中的痛苦现实，她明白这就是命运，从一开始她的一生就早已被注定，她选择沉默。她与丈夫每晚同床共枕，但他的心思却在她的姐姐身上。丈夫对她说的唯一的话就是："打电话给你姐姐，邀请她来，或者打电话给你家，叫他们来看你。"这句话是这段婚姻中丈夫对穆卡德斯说的唯一的话。

每次穆卡德斯都会高兴地给娘家打电话，邀请娘家人来家里。就在她打完电话的某个下午，她的姐姐阿尔希娅穿着一套深紫色的五卡比[1]，脸上化着精致的妆容，走进院子。她没有看穆卡德斯一眼，而是径直走向穆卡德斯的丈夫，和他热情地握手，互相问候。那晚，穆卡德斯的丈夫和姐姐举办了一个庆祝晚会。穆卡德斯借着准备晚宴，躲在厨房里，从屋内传出的阿尔希娅的笑声撕裂着她的每一根神经。

穆卡德斯在她过往十七年的人生中学到的唯一一件事就是：不要与命运抗争。她对自己说："这份爱是真主赐给我姐姐的。尽管我已经是我丈夫的妻子，但他却爱着我姐姐。那么

1　一种传统的南亚服饰，通常由宽松的上衣和裤子组成。上衣设计简洁，常带有刺绣或装饰，面料多为棉布或丝绸。

我有什么权利去抗议呢？如果我对外人说，他们会嘲笑我；如果我对父亲说，他会杀了我的姐姐；如果我对丈夫说，他会休了我；如果我对母亲说，她会因羞耻而死；如果我对兄弟说，他会先杀了我丈夫。"穆卡德斯在心里权衡着所有的利弊，发现没有一条路不充满着危险。她的头低垂，四面八方都没有站出来支持她的声音。因此，她保持沉默，默默忍受那可怕的现实，抱着对未来的希望继续沉默。

婚后的一年就这样过去了，那年年底，穆卡德斯生下了一个女儿。女儿的出生让穆卡德斯对未来充满希望，并鼓起勇气将那种像毒瘤一样折磨她的痛苦现实告诉了母亲。她的母亲告诉她，她这是患上了妄想症，因为在我们的文化和宗教中，这样的事是被禁止的，每个穆斯林都害怕违背宗教禁忌。穆卡德斯回答母亲："阻止你女儿吧，别让我的生活变得更像地狱。"母亲唯一能做的就是阻止阿尔希娅，不让她去穆卡德斯的家。当阿尔希娅不再去穆卡德斯的家后，丈夫找到了新的办法。这次他说："穆卡德斯，准备好带着孩子一起，我带你们回娘家。"起初，穆卡德斯很高兴，准备好后，她会回到父母家，待上一晚，然后再回到自己的家，她以为从此摆脱了姐姐。但她渐渐发现丈夫的这个请求并不正常，甚至一周里他会带她和女儿回娘家两三次。穆卡德斯感到危险，后来的几次她提出反对，并没有再回娘家。但她的反抗并没有改变什么，丈夫依然会从家里溜走。穆卡德斯在母亲面前哭诉道："把你女儿嫁出去吧。"

穆卡德斯的母亲找到了婚姻中介，婚姻中介的名单上有一个来自法里亚布[1]的土库曼[2]男子，他住在塔吉克斯坦共和国的吉萨尔区，愿意出三十万阿富汗尼将阿尔希娅娶走。穆卡德

---

1 阿富汗北部的一个地区，以地毯闻名。
2 一个民族，主要分布在土库曼斯坦和阿富汗北部等地。

斯的父母同意了，他们告诉中介，愿意把女儿嫁给他。一周后，阿尔希娅得知，她的父母将她嫁给了一个土库曼男子，她的心中充满了悲痛和愤怒，咒骂天地。但她的反抗没有任何效果，除了她的妹夫，没有人对她感到同情。她的母亲说："你应该感激，这是一个迷路的土库曼人，他来找你了。"阿尔希娅极力反抗，最后她只找到了一条道路——让订婚时间延长一年，土库曼男子同意了。阿尔希娅订婚的那一年，对穆卡德斯来说是艰难的一年。她的丈夫一脚在她家，一脚在她父母家，而阿尔希娅与她丈夫的关系早已传遍了所有人。阿尔希娅的订婚成为她的一种保护伞，让那些指责她的人无法再说什么。唯一为此感到痛苦的人是穆卡德斯。从头到尾，穆卡德斯都是这场丑陋三角恋中的受害者。对穆卡德斯来说，姐姐阿尔希娅比她的丈夫更应该为这段关系负责，甚至阿尔希娅的笑声都让她感到痛苦，而丈夫的神秘笑容则没有伤害到她。

阿尔希娅的未婚夫曾几次来看她，并带来了许多礼物。然而，阿尔希娅并没有把未婚夫当作一个人或者丈夫来看待，每次都以嘲讽的态度对待他，声称自己对他没有任何兴趣，而且这场订婚，父母既未告知她，也未征得她的同意。土库曼男子每次回应她时都说："难道你不愿意来我老家织地毯吗？"

后来，阿尔希娅通过与未婚夫的交往，找到了一个希望的出口，而这个希望的出口对于穆卡德斯来说，意味着死亡。阿尔希娅和未婚夫一起度过了无数个夜晚，并试图让人们相信她与未婚夫有良好的关系。她对她的情夫——她的妹夫说："现在我们可以做任何我们想做的事了，人们会认为我和未婚夫有亲密关系。"直到订婚满一年，阿尔希娅的肚子开始大起来，她的婚礼那天，肚子里的小孩已经七个月大，唯一知道她怀孕真相的人是穆卡德斯。

阿尔希娅结婚了，在一个酷热的夏日，她和她的土库曼丈夫前往吉萨尔。那一天，穆卡德斯和她的母亲松了口气，杀了一只鸡，心里祈愿阿尔希娅永远不再回来。穆卡德斯满怀希望地回到了自己的家，曾经等待了三四年的那些美好日子终于到来，她找到了没有阿尔希娅的平静与安宁。然而，这种安宁是以丈夫的痛苦为代价的。丈夫就像一只失去翅膀的鸟，不再进食，常常对她和女儿发火，整日待在外面，晚上独自一人睡在屋顶，直到凌晨仍然与某人通话。穆卡德斯独自铺开床铺，整夜哭泣并呻吟。清晨和深夜，她都在想，或许她的命就是如此，尽管阿尔希娅远在千里之外，但她的丈夫却被阿尔希娅从精神上夺走了。

　　后来，阿尔希娅回到了家，并带回了一个男孩。那一天，穆卡德斯的丈夫为了阿尔希娅的归来庆祝。穆卡德斯内心崩溃，但她为了不被外人耻笑，咽下了所有的痛苦。那晚，穆卡德斯的丈夫让她与阿尔希娅共睡一间房，穆卡德斯战战兢兢地铺好了地铺，把婴儿床放在自己和姐姐的地铺之间。半夜她醒来时，发现丈夫躺在阿尔希娅的地铺上。那一天，她哭泣并告诉母亲她再也无法忍受这种生活。

此后，她因病卧床不起，病情不断加重，而她的丈夫却丝毫不关心她，反而把所有的钱都花在了阿尔希娅身上。阿尔希娅最终与土库曼丈夫离婚，而阿尔希娅的这份自由对穆卡德斯来说却像是死亡的印章，她在同一天与世长辞。穆卡德斯去世的那一天，她的丈夫和阿尔希娅举行了庆祝仪式，喜极而泣，声响传到天空。

名声显赫的男人

在她的未婚夫失踪后，福兹雅完全陷入了孤单。她住在家里，与母亲无法和睦相处。每当福兹雅发出一点声响时，母亲就会惊跳起来，用最尖刻的言辞讽刺她："这是你自己选的路，现在好了，你活该，没得再抱怨了！"对于这些话，福兹雅的反应是尖叫。她把所有的愤怒和悔恨都通过可怕的尖叫释放出来，每当她的尖叫响起，房子的墙壁都会震动，邻居们会过来打听发生了什么事。随着日子的推移，未婚夫的缺席让福兹雅的尖叫声和家里的混乱越来越严重。渐渐地，邻居们不再过来打听，他们都知道了福兹雅是因为懊悔和无助而尖叫。后来每当邻居们听到她的尖叫声时，他们都会低下头默默祈祷，感谢上天让他们的女儿没有像福兹雅一样遭遇如此悲惨的命运。

尽管福兹雅的生活如同地狱般艰难，她仍然渴望继续完成学业，但没有人资助她去城里学习。于是她卖掉了未婚夫为她买的金项链，去往城里继续完成学业。福兹雅原本想成为一名医生，但在她那个偏远的城市里无法实现，她无奈之下报考了助产专业，这也算是一种医学专业。同时，福兹雅四处寻找她的未婚夫，但所有人都不知道他的下落。最后，福兹雅向法院提出了"非到庭解除婚约"请求，法院经过调查未能找到她的未婚夫后同意了她的请求，福兹雅因此获得了解放，摆脱了那段不知与谁相连的束缚。

福兹雅这次想嫁给一个有名气、有地位的男人，而不是像她之前的未婚夫那样没有地位、没有背景的人。她与一个有名气的男人开始了接触，这个男人告诉福兹雅："如果你是处女，我就和你结婚。"福兹雅为了证明自己是处女，用古兰经发誓，但男人还是不相信。男人对福兹雅说："你是我的女人，从此以后你不能再跟别的男人有任何关系，只要你能证明自己是处女，我就娶你。"福兹雅因为无家可归，孤单一人，接受了男人的约定并向他证明自己是处女。两人去了一个僻静的地方，男人试探了她的处女之身，而福兹雅在这一行为后震惊得无法说话。福兹雅曾告诉朋友们，在失去处女之身后的五天里，她完全无法进食或喝水。证明了自己是处女后，福兹雅请求男人履行承诺，但男人以没钱为借口推脱。福兹雅不分日夜地为此伤心，向亲朋好友求助，但没有人愿意理她。最后，她打电话给一个朋友，告诉她："我不知道该怎么办，也不知道该去找哪个兄弟或姐妹。我现在已经不能再嫁给别的男人了。"

说到这里，她哽咽着哭了出来，最后说她已经请求了姐夫帮忙去与那个有名气的男人交涉。但是，那个男人对姐夫说："花花公子是怎么玩弄女人的？不就是这样——先许下承诺，再达到目的？"

福兹雅想去找一个巫师，希望通过魔法让那个有名气的男人回心转意，娶她为妻，但她找到的每个巫师都开出了高昂的费用，而福兹雅根本无力支付。她时常说道："也许真主在看着，也许真主为我的这些日子写了一个结局……"

院子里的帐篷

纳芙丝与丈夫和孩子们生活的院子属于她丈夫的父亲，院子有一个贾里布[1]大。虽然这份财产丈夫也有一份，但是父亲去世后，没有在七个儿子和四个女儿之间分配遗产，因此纳芙丝不能理直气壮地说"这是我的院子"。她深深喜爱着这个院子和它的每个角落，她十二岁时就作为家中的第一个新娘进了这个院子。从少女时代起，纳芙丝就深爱着这个家和院子，而现在她已步入中年，是时候让她自己的

---

1 阿富汗土地面积单位，一个贾里布约为 2000 平方米。

儿媳进这个院子了。纳芙丝希望能有一个像她自己一样忠诚的儿媳，愿意一直在这个院子里待下去，依恋着这个家的每一棵树木和每一根枝条。

院子有三个门。第一个是大门，通向客厅和院子的花园。第二个门通向房屋的主体部分，即卧室、仓库、厨房和院子。在院子里可以看到几棵苹果树，苹果树下种着蔬菜。第三个是一个小门，通向房屋后面的水渠。后面的水渠像一个水库一样，流量很大。纳芙丝丈夫的母亲对这个水渠并没有美好的回忆，她说这个水渠曾带走了她的两个孩子。纳芙丝坐在靠近水渠的凳子上做着缝纫活儿，她一扭头就可以看到水渠和邻居们进进出出。凳子在两棵桑槐树旁边，当地妇女在桑槐树下聚集。每个傍晚，她们都会围坐在纳芙丝身边，大家各说各的，谈论着不同的事情，过得非常愉快，直到纳芙丝的丈夫回到家。纳芙丝的丈夫是个酒鬼，也是一个同性恋。纳芙丝丈夫的父母在他还是孩子时就为他娶了个妻子，希望能让他专心于妻子，但可惜，纳芙丝的丈夫并没有被驯服。纳芙丝丈夫的父亲直到去世都在为这个儿子操心。至于纳芙丝丈夫的母亲，她活着时没有比拥有一个酗酒和好男色的儿子更大的烦恼。纳芙丝的丈夫是卑鄙的无耻之徒，如果他口袋里有一百阿富汗尼，他就会用它们买一包毒品。如果纳芙丝的钱包里有一千阿富汗尼，他会把它们抢走，并和几个"志同道合"的朋友消失几天。

纳芙丝度过了她的童年、青春甚至中年，始终都是孤独的。她名义上有个丈夫，但从未拥有一个真正的丈夫，而且她既没有父亲，也没有关心她的母亲，更没有去处。她在那个家里忍受了那么多年，抚养了四个孩子。她的内心充满了悲伤，但她从未显露出来，总是依靠自己的力量独立生活，直到她那吸毒的丈夫回到家。丈夫没有住进家里的任何一个房间，而是带来了一顶帐篷，架在院子花园的中央，并说："从现在起，你要供我和我的朋友们吃喝，你的生活将按照我的意愿以及伊斯兰教法和古兰经的规定来安排。" 纳芙丝忍不住质问道："为什么不住进房间里？难道我们不算夫妻吗？"丈夫狠狠地给了纳芙丝一记耳光，说："女人没有权利反驳。我之前一直不在家，直到今天你已经过了二十年随心所欲的生活，但现在我回来了，你将不再自由。"纳芙丝抑制住了愤怒，眼含泪水，咒骂着回去继续干活儿。

丈夫在家里搞起了聚会。每天早晨，纳芙丝为六七个陌生男人准备早餐，她拿出家里所有东西招待他们，还让七八岁的小儿子把水送到丈夫的帐篷里，给那些人洗漱。晚上，丈夫要求她做一顿丰盛的饭菜，必须有炖肉。当纳芙丝说家里没钱买肉时，丈夫却说："你想失去你的缝纫机吗？"纳芙丝害怕得不敢反抗，把她所有的钱都花在了那个无耻的丈夫和他那更无耻的朋友们身上。

在某个糟糕的日子里，纳芙丝满头大汗、疲惫不堪地转动着她的缝纫机，突然听到了一个奇怪的声音。她起初并没有好奇，继续做自己的事。第二次，那声音更大了，她停下缝纫机，专心听，想判断声音的来源。声音来自花园，听起来像是呻吟，是那种喉咙被堵住的呻吟。纳芙丝从座位上站起，朝声音的方向走去。声音又响了一次、两次，纳芙丝加快了脚步。就在她快到花园门口时，小儿子惊慌失措地跑向她，大声喊叫，但纳芙丝并不知道发生了什么，小儿子也无法说清楚他到底看到了什么。当她经过大门时，她明白了，声音是从帐篷里传来的。她喊道："谁在那儿？发生了什么？"她的声音越来越高，想弄清楚那里发生了什么。当纳芙丝走近帐篷时，一个年轻男孩只穿着内裤，边哭边呻吟着从帐篷里跑出来，爬上花园的墙，顺着水渠消失了。纳芙丝站在帐篷旁，不知道发生了什么。那年轻男孩才消失一分钟，纳芙丝的丈夫便血红着眼睛、眼神凶狠地从帐篷里走出来。

纳芙丝大喊："发生了什么事？你在做什么？你不怕真主吗？如果那个孩子死了，你怎么办？他是谁的孩子？没有父母吗？"

她的丈夫走近她，说："小声点，不然我也会让你像他一样窒息。"

纳芙丝说："我会打电话给你的哥哥们，让他们来看一看这是什么情况！看看你们这些穆斯林会怎么说！"

她的丈夫愤怒地吼道："滚！滚开！"

纳芙丝疲惫且痛苦地回到屋里，哭了。哭声将邻居们吸引过来，他们叽叽喳喳说了几句，然后离开了。但除了纳芙丝、她的丈夫和那个可怜的男孩，没有人知道刚刚发生了什么。

娜娃

她把双手放在面前的桌子上，眼神中透着对逝去岁月的遗憾，说道："有些日子我一个人坐着哭，把那些年没流的眼泪全都一块流出来了。我总是想起我的那些孩子，总是想起古拉丽。我总是想，要是能再见她一面就好了。她是我第一个孩子，可能也是因为这样，我才总是想起她……"过去的十八年里，娜娃与四个男人有过婚约，但每一次她都亲手解除婚约，让自己重新获得自由。她深爱着自由，可自由并没有给她带来安宁与尊严。

她的第一次婚约，是因为爱情，那是一场

伟大的爱情。那片辽阔的草原上扎满了帐篷，住满了因战争流离失所的难民。娜娃的父亲在草原上并排搭了三顶帐篷：第一顶给自己和妻子，第二顶留给三个正值待嫁年龄的女儿，第三顶则属于心爱的儿子和来来往往的客人们。娜娃在帐篷里带着藏不住的幸福和激动对证婚人说："我们一定会相亲相爱、白头偕老！"这段婚约只持续了一年，在他们准备举办婚礼的时候，新郎在战争中为了解放塔勒坎[1]而牺牲。新郎的牺牲让娜娃跌入了悲伤与绝望的深渊，她为失去挚爱痛哭了几年。

娜娃的父亲忍受了女儿两年的哭泣与悲伤后，决定去找已故女婿的亲戚。女婿的亲戚们态度非常友好，爽快地答应了再次联姻，让族里的另一个男孩与娜娃结婚，并很快重新举办了订婚仪式。但这一次，娜娃既没有第一次订

1　阿富汗塔哈尔省的首府，在阿富汗内战中沦陷。

婚时的那份激动，也没有半点喜悦，她唯一感到释怀的，是终于能结束那段无尽的悲伤和痛苦。婚后，他们有了新家，也陆续生下了孩子，最后生了三个孩子。然而，就像娜娃梦中早已预见的那样，这段婚姻终究还是走向了离散。她带走了三个孩子中的一个，把另外两个留给了丈夫。娜娃回到娘家时，父亲已经去世了。她最宠爱的亲弟弟冷冷地说："你还有脸回这个家吗？"

娜娃又去了大姐家，在那里住了几个月。碰巧有个正在找二老婆的男人来提亲，娜娃就嫁给了这个男人，和他一起生活了六年。这六年里，她生下了两个女儿和一个儿子。到了第六年年底，因为一场幼稚的争吵，他们解除了婚姻关系。娜娃再次无家可归，辗转于姐姐家和弟弟家之间。这一次，她的弟弟彻底翻脸，说："以后别再来找我，我不认识你，更不认你这个姐姐。"

从与第三个男人的婚姻中解脱出来的那年，她像一只疯狂、危险且无法控制的狗，愤怒充满了她全身的每个细胞，无论白天还是黑夜都在寻求复仇。她有时宽容大度，允许他人随意提问甚至冒犯，有时敏感戒备，认为谁都没有资格拷问或轻慢她。因此她不断与人发生争执，把所有人都推开。她并不怀念曾经的家和生活，也不为失去两位曾给予她关怀和支持的男人而感到遗憾；她并不为颠沛流离的孩子而心痛，也不曾想念之前结交的邻居和朋友。她的内心像石头一样坚硬，吓坏了周围的人。没有人见过她哭泣，也没有人看到她因绝望而叹息，或者愤慨于命运的不公。她脸上带着苦涩的笑容，眼中的光芒从未熄灭。随着时间的流逝，她变得越来越强大，成了抗争的象征——反抗人们，反抗那些流言蜚语。她将来自两个前夫的两个孩子分别抱在两侧，向亲友们解释她如何无辜，如何陷入他人言语和诡计的陷阱。

娜娃的姐姐们试图为娜娃找一个新男人，以便让娜娃与她的两个孩子重新开始生活。终于，一位慷慨的男人出现了，说："我有一个年长的朋友，来自喀布尔，我不清楚他是打算在这里还是在喀布尔定居，但他经常来这里，是做珠宝生意的。如果你们愿意，我可以把他带过来，他会帮你们安顿生活。"娜娃一听到喀布尔，立刻对这个男人产生了浓厚的兴趣，她急切地想脱离这个充满诅咒的环境。她觉得自己在这片土地上，似乎被某种诅咒困扰，无法得到安宁。而且，人们对她的态度也让她几乎筋疲力尽。每个人都问："为什么沦落至此？"而每个人的问题背后都有着更深长的意味，有的带着同情，有的带着嘲笑，有的给她建议，有的提醒她。每个问题和目光都让她感到抓狂，她完全不知道为什么自己的婚姻总是没有结果。

　　她与第四个男人结婚后，带着两个孩子准

备前往喀布尔。到达喀布尔后，她住进了一个位于上层社区的豪华房子。然而，她无法忍受那位年老男人在床上的样子。不久，她便与丈夫离婚，且这次她决心再也不回到家中。她带着两个孩子去到了阿富汗内政部[1]的女性招募部门，迅速登记了自己的名字，并加入了阿富汗国民军。

娜娃叹了一口气，满是无奈和疲惫地说："我从事警察[2]工作五年了，帮助了许多人，也改变了许多人。许多男人向我求婚，我都拒绝了。有些男人甚至跪倒在我面前，哭着求我给他们一次机会，而我的回答是：不。"

她的身材依旧高挑挺拔，皮肤依然像从前一样白皙，但眼角和嘴角的皱纹比什么都更显眼。她的手干瘪粗糙，抱怨视力越来越差。她

---

1 阿富汗前政府的一个部门，负责国内事务，其中包括军队的招募。

2 娜娃的工作内容类似警察，所以自称为"警察"。

脸上勉强挂起一丝淡淡的笑，说："老了嘛，什么都被夺走了，但从来没有遇到过一个人能夸夸我的眼睛和身姿。"

她曾与四个男人建立过婚恋关系，但这四个人，没有一个能配得上她的心和灵魂，没有一个真正欣赏和赞美过她。

她接着又谈起了工作的事，说道："当了警察之后，人人都对你有不好的想法。谁都能不经允许拿到你的电话号码，想什么时候打电话就什么时候打。"

娜娃在这些年里，靠自己摆脱了所有男人和强权的欺负，骄傲地履行着自己的职责。在阿富汗，女警们很少被分配到真正重要的工作，大多数只是检查包裹，或者在公共场所监视人们的出入。但娜娃大胆地说过，她不想检查别人的包。于是她被安排负责监督其他女警的工作。她说："我算是指挥官了。"

实际上，她确实是个指挥官——一个疲惫

不堪的指挥官。娜娃轻轻笑了一下，疲惫的眼睛闪过一丝光芒，说："有一天，我揍了手下差不多十个女警。因为她们联合起来欺负别的女人，搞偏见，挑拨离间。我狠狠教训了她们一顿。"

娜娃在工作中取得了成功，但同时，她无暇联络跟着前夫们生活的孩子们，那些年对孩子们的思念和与孩子分离的痛苦让她感到疲惫。正如她自己说的，眼角的皱纹一道道，仿佛是这些年见不到孩子们的年数一样。

佐哈勒

　　我和佐哈勒认识的那一天，是我在办公室上班的第二天。佐哈勒戴着一条深绿色的头巾，包得整整齐齐，连一根头发丝都没有露出来。那条深绿色的头巾和她黝黑的肤色相配，却并没有让她的脸看起来更美。她的鼻子高挺，右侧鼻翼下方到嘴唇的位置有一道明显的缝合疤痕。我从未问过这道疤的来历，或许她小时候受过伤，又或许是天生兔唇，是后来做了修复手术而留下的疤痕。她有着深色的眼睛，黑亮的头发，麦色的皮肤，以及一双粗糙而黑瘦的手。她在我工作的第二天，直接走到我面前，说："妹妹，有什么事或需要什么，尽管跟我说。" 我吃惊地盯着她的眼睛，感谢了她的好意。

佐哈勒既要在办公室工作，又要上大学，她从早上六点开始上一个多小时的课，八点一到，她就准时赶到办公室。经常和她一起来的是一个皮肤白皙、卷发的女孩，佐哈勒说那是她的同班同学。佐哈勒的同学也很想进我们办公室工作，但她没有关系和背景，佐哈勒也并没有好好地帮她指路。我对那个卷发女孩心生怜悯，但自己也无能为力，无法帮到她。那女孩每次跟着佐哈勒一起来，都会站在走廊里，伸长脖子往办公室里张望，她的眼睛特别吸引人。她就那么尴尬地站上几分钟，然后跟佐哈勒道别，离开。

办公室里最热门的话题之一，就是佐哈勒的婚姻和家庭生活。她把自己的生活细节告诉了所有同事，大家对她婚姻生活的起伏都了如指掌，几乎每个人都准备了一套"解决方案"来给她指点迷津。有时候，佐哈勒自己也厌倦了大家对她生活的"过度了解"，但正所谓"自作自受"，怨不得别人。有时她还会主动找领导开小会，办公室的"大人物们"就会一起裁决，判断她丈夫的言行是否符合伊斯兰教法中的"离婚条件"。就在这样的热烈讨论中，往往领导好不容易从权威的伊斯兰教义和判例书里查到一个结论时，佐哈勒的丈夫突然打电话来。她就马上中断会议，跑去和丈夫和好。领导把怒气憋在心里，接下来的几天吃午饭的时候就会忍不住又开始讲到这件事，训斥大家，说这种婚姻早就该结束了，还整天围着"教法判定"和婚姻问题转，弄得所有人都烦透了。

佐哈勒的丈夫吸毒，吸的是鸦片。他们已经结婚六年，这六年中佐哈勒为了戒掉丈夫的毒瘾所做的任何努力都没有取得效果。除了吸毒，他还是个非常易怒和暴躁的人。丈夫没有固定的工作，开过木工店和锁匠店，但无论他做什么，毒瘾始终如影随形。丈夫的毒瘾让佐哈勒十分痛苦，她曾对我说："你以后结婚要考虑清楚，如果你未来的丈夫吸毒，千万别嫁给他。只要染上毒瘾，一辈子都不会好过。"她从不忌讳告诉大家她的丈夫吸毒，还经常和别人抱怨丈夫的毒瘾。但当别人给她建议时，她会很生气。她是个古怪的女人，有时她的行为让人很费解，好像变了个人似的。或许，生活中每天的困扰和争吵使她变成了这样的人。

在这段失败的婚姻中，佐哈勒生了两个儿子。大儿子五岁，小儿子才一岁。两个孩子都非常漂亮，讨人喜欢。当你看到他们时，完全想象不出他们出生于争吵不断的家庭中。佐哈勒把两个儿子送到办公室附近的托儿所，每天中午，她都会去托儿所照看他们二十分钟。下午，她又把两个儿子带到办公室，推着小儿子的婴儿车，下班后一起开车回家。佐哈勒的大儿子像她一样，什么都敢说，什么都敢冲，一进办公室没几分钟就让所有人都感到精疲力尽。有时，佐哈勒的大儿子在办公室做出一些冒犯的行为，要么嘲笑一个同事的秃头，要么乱摸东西。技术部的一个同事对此很生气，总在佐哈勒背后议论她不会带孩子，让大家头痛不已。

佐哈勒对办公室的工作非常熟练，承担了大部分沟通工作，整天与过境律师和族长们进行谈判。她谈到自己的工作经验时说："我已经工作了十五年，任何你能想到的工作我都有经验，从养鸡到金匠，从种花到在联合国办公室工作，我的工作经验涵盖了所有领域。我曾经参加过十次美国大学[1]的研讨会，并获得了不同专业的结业证书。"她曾在南方省份工作，

---

1 位于喀布尔的一所由美国人设立的私立大学，现任政府上台后被关闭。

在霍斯特省[1]工作过五年，多次遭到反对派[2]的威胁。当她谈到在霍斯特省的宿舍时，我们都认真听着，她将每一个故事都讲得生动有趣，还夹杂着几丝幽默。她在巴克提亚省[3]工作时，那里正处于前政府与反对派的激烈对抗中，她每月收入有两千美元。当我问她怎么敢在战区工作时，她说："我有武器，甚至我的孩子也背着枪，当敌人看到我的孩子时，他们就会退缩。"她工作了很多年，但并没有变得富有，甚至没有任何储蓄，她的生活水平和普通人没什么两样。她的亲戚们都知道她赚多少钱，每个人都向她借钱。她不仅要负责家里的生活开支，还要帮助她的亲戚和家人。

办公室里的人多次讨论过佐哈勒的外貌，

1　位于阿富汗南部，与巴基斯坦接壤，是一个长期充满冲突的热点地区。

2　主要指与阿富汗前政府对抗的武装团体。

3　位于阿富汗东部，曾是前政府军与反对派产生激烈冲突的区域。

甚至有同事在她面前说过，作为一个女性应该注重自己的外表，不能穿得太邋遢。有一天，外面正下着雪，佐哈勒匆忙地走进办公室，向老板请假一小时去一家商店，还让我陪着她一起去。她花了一千阿富汗尼买了一件黑色防水外套，把那件已经褪色得连原本的颜色都看不清的二手夹克从身上脱下来，穿上了那件崭新的防水外套，并且高兴地对我说："这是为了萨米亚（一位同事）买的。她问我为什么总是穿二手衣服。"但是第二天早晨，佐哈勒神情沮丧地来到办公室，身上没有穿那件新衣服，她说她不喜欢那件新衣服，决定换掉它。于是我又陪她去了商店，这次她把那件黑色防水外套换成了灰色，开心地回到了办公室。她涂上了厚厚的白色粉底，脸色变得异常苍白，几乎看不见原本的肤色。她为了变美和成为一个得体的女性所做的努力似乎总是徒劳的，没过多久，她又穿回了那件二手衣服，脸上依旧是黯黑的肤色，几乎没有人在意她的变化。

佐哈勒还很喜欢说闲话。她总是了解每个人的事情，自称掌握了所有人的把柄，足以威胁任何人。她甚至对她的大学同学也说三道四："她们都是二手货。"我问她："你自己算是几手货？"她脸红了，说："你还没结婚，根本不懂这些话的意思。"她喜欢谈论办公室里的男女问题，她周围总是人满为患，因为大家都喜欢听她说这些。她洞悉办公室里的所有秘密，知道公司接下来会做什么决定，谁会被解雇，谁会转岗，谁将来会接替谁。她有时会一天到晚散布谣言："我们项目的投资人已经撤资了，我们都要失业了。"同事们都开始担心和议论，直到老板召开会议，声明这些谣言毫无根据，安抚了大家。佐哈勒曾多次建议我或者其他同事："某某的职位空缺了，你去找老板申请这个职位吧。"许多同事信了她的话，去找老板申请了那些本没有空缺的职位。每当佐哈勒的诡计被戳破时，她就装模作样地哭泣，于是大家都会同情她，忘记她之前的所作所为。

佐哈勒住在一个租金很便宜的房子里。有一天早上，她告诉我们她家里住着鬼怪。我们问她怎么知道的，她说她家的电视会自动切换频道。同事们说这是电视问题，和鬼怪无关，但她坚持认为自己家里就是有鬼怪，每天都会说一件新的怪事。有时说："昨天晚上厨房的灯自己开了又关了。"或者说："我睡觉时，有人进了家里，把电视打开了。"同事们给了很多建议，但她依然不听。最终，佐哈勒搬到了靠近办公室的一栋新建的公寓。可是没过几天就说："我又要准备搬走了。公寓附近有一个女性公共浴室，浴室老板烧塑料和垃圾来为浴室提供热水，烟雾直扑眼睛。"同事们建议她忍几天，或者去提醒浴室老板不要再烧塑料了。佐哈勒没有听从同事的建议，去找房东要求退还押金，但房东与她吵了一架，表示如果她没有住满一个月提前搬走，就不退押金。直到有一天，我们老板出面调解，帮她拿回了一半的押金。佐哈勒搬离了那栋公寓，搬到了离办公室两条街远的地方，第二天早上她说："新家也不合适，真倒霉。那栋楼里住着两个坏女人，她们是两个年轻女孩，说自己是学生。昨天晚上她们带了一大锅抓饭来给我们，我们吃得很高兴，可是今天早上我上班时，楼道的一个人告诉我：'姑娘，别再吃她们的东西了，那些东西是哈拉姆[1]，她们是坏人，是用不正当手段赚来的钱。'"佐哈勒搬进新家一周后，我们就从她嘴里知道了关于她邻居的所有事情，尤其是那两个女孩。佐哈勒只需要在一个地方待上一周，就能完全了解周围的一切，知道每家每户发生了什么。

佐哈勒还经历了丰富多彩的生活。有一天，

---

[1] 伊斯兰教用语，指被禁止的、不可接受的事物或行为，如不洁的食物、非法的收入等。

她对我说："你知道吗？我曾经爱过一个人，我们保持了七年的联系，最后没有结婚。有一晚我做夜间拜[1]时，我忽然就放下了这段七年的感情。"她并没有真正忘记，而是尽力让自己忘记。我不知道那天是什么让她毫无前兆地对我说出这些话。也许是路人的一个眼神让她想起了那段感情。也许她只是想开启一个话题，听听我的回答，然后再和其他同事聊，说不定还会牵扯出一段长长的故事。不管怎样，那天她确实想和我说说那段过去的爱情。她围着一块破旧的天蓝色头巾，完全遮住了她的头发，穿着那件脏兮兮的旧外套，鞋子也是从二手市场买的。她的黑色眼睛闪烁着光芒，仿佛那个人的眼神曾照亮了她的眼睛。

1　伊斯兰教中的一种自愿性祈祷，通常在后半夜醒来时进行。

卡克尔·扎里

"卡克尔·扎里"是一个脸书[1]账号的名字。这个账号的主人是一个刚刚在首都议会选举中获胜的富有男人的长子。卡克尔·扎里的头像是一位帅气的男生，他有着一头蓬松的黑色卷发，脸上有一颗黑色的痣，像花苞一样的嘴唇充满诱惑。他的目光并没有直接对准镜头，而是朝着太阳望去。他穿着一件黑色的西装，没有扣上第一个扣子，所以显得他的脖子有点长。

1　即 Facebook，一个社交媒体平台。

我不知道这个名字背后有什么意味，但"卡克尔·扎里"这个名字听起来确实很美，每个人第一次看到这个账号时，都会忍不住留意几眼。这个账号非常活跃，显示在线的绿灯总是亮着，如果你打个招呼，他会立刻回复"阿里科姆[1]"。我是通过马赫塔布才第一次听说卡克尔·扎里，但不是那种面对面时说"这是卡克尔·扎里"的场合，而是在一个漆黑的夜晚。那天晚上宿舍停电了，我和马赫塔布在宿舍楼周围散步，谈论着各种话题。马赫塔布边走边小声嘀咕，说她最近爱上了某个人。

马赫塔布的爱情并没有引起我太多的关注，毕竟在我认识她的这两年里，这已经不是她第一次坠入爱河了。但那晚，她脸上露出了与众不同的微笑，因为她充满了希望——她坚信他们一定会结婚。

她说："你知道我们在哪儿吃的早餐吗?

1　意思是"愿平安也与你同在"，是阿拉伯语问候语"愿平安与你同在"的回应。

在‘市中心[1]’，我们吃了蛋糕，喝了咖啡，聊了很多。然后他说，他喜欢我。"她展示了他的照片并说："我知道他和很多女孩有联系。他在脸书上有很多好看的照片，肯定有很多女孩给他发消息。"我感到很惊讶，因为她明知道这个男孩的情况，却仍然单纯地希望他会和自己结婚。她说："他很有才华，是个诗人。他写的诗让我惊叹。"

我对一个既帅气又迷人，家里还富有，还会作诗的男孩感到非常惊讶。那时二十一世纪刚刚进入第十年，喀布尔及其周边的很多居民都生活在贫困线以下。我很少见到月收入超过三万阿富汗尼的人。

在那之后，我看了卡克尔·扎里的所有照片和帖子。他的才华真是让人赞叹，他的写作很吸引人，照片也无可挑剔。我在脸书上向他

1　喀布尔的高档商业区。

发送了好友请求，立刻就被接受了。之后，我成了那成千上万见证这段荒谬爱情的人之一。这段爱情最终结束了，马赫塔布在她的脸书上写道："我的手多长，却没能触及大海！请把我的死讯告诉那位嘲笑我的人。"这段爱情故事是从马赫塔布和那个奇怪的卡克尔·扎里一起进入市中心的那一天开始的，直到马赫塔布走到了生死的边缘。

马赫塔布一开始坠入爱河后，找回了她与生俱来的诗意才情，每天都写下长长的诗句，倾诉对心上人的爱意。她的生活仿佛绽放的花朵，无论是大学宿舍还是喀布尔的大街小巷，都在为她盛开。每个周末，她都会去卡克尔·扎里家见他。卡克尔·扎里称赞她的身材，赞美她的腰部曲线、大而美丽的臀部以及迷人的身姿，并为此写了诗。她说她记得那晚他为她写的那首诗。

没过多久，马赫塔布的父母得知了她的这

段恋情后，把马赫塔布召回了萨曼甘省的老家。

马赫塔布回到家时，感到家里的气氛不妙——她的父母擅自给马赫塔布和一个亲戚的儿子订下了婚约。直到马赫塔布反应过来时，结婚的誓言已宣读完毕。[1] 马赫塔布的父母松了一口气，掩藏不住胜利的笑容。马赫塔布愤怒地喊叫、哭泣、咒骂，而她的父母分立在屋子的两侧冷眼旁观。马赫塔布发誓道："我永远不会忘记，你们硬塞给我的这个人，我一点也不接受，永远都不会接受。"

他们从马赫塔布手中拿走了手机，并把她锁在一个房间里，等待她冷静下来。马赫塔布在房间里一边哭泣，一边向真主哀求，整整两天两夜没有喝水也没有进食。第三天，她的妹妹帮她拿来了手机，马赫塔布拨通了卡克尔·扎里的号码，向他讲述了事情的经过。那

1　在阿富汗的传统家庭里，人们会邀请毛拉举办宗教仪式并宣读结婚誓言，誓言宣读过后两人便是合法夫妻，可以不经女方同意。

一天，卡克尔·扎里写下了那篇堪称文学杰作的文章。他从马赫塔布那双被夺去安宁的彩色眼睛开始写起，写到了强迫婚姻的非人道，并批评了马赫塔布父母对自己孩子的不公。读到那篇文章时，会觉得对于一段爱情，优美的字词和真诚已经足够。我读完那篇文章后，打电话给马赫塔布向她祝贺，因为她在爱情面前做出了勇敢的选择。尽管马赫塔布身体虚弱，但她感到高兴。那篇文章引起了广泛关注，大家都在寻找那双彩色眼睛的主人。

马赫塔布再次回到喀布尔，尽管她已经有了丈夫，但她仍继续与卡克尔·扎里交往。卡克尔·扎里劝她不要在任何地方提及他们的关系，因为这个社会无法容忍这种事情，还可能会影响到他的家庭。马赫塔布一方面与家人作斗争，另一方面又与她的丈夫争执，同时还在内心的炙热情感中挣扎。她最终病倒在床上，医生诊断她的病为心病，手指尖的剧烈疼痛让她几乎无法忍受。马赫塔布的父母在她生病并多次尝试自杀之后，决定放她自由，让她自己选择如何生活。

马赫塔布最终与丈夫离婚，恢复了自由，并且当天去见了卡克尔·扎里。卡克尔·扎里却对她说："我妈妈反对这段关系，她是我的母亲，我不能违背她的意愿和你继续交往。"马赫塔布质问："我为了你与家人作战，在亲戚和族人中声名狼藉。为了你我生病了，甚至差点死去，而现在你却不能为了我和你的家人作斗争吗？"卡克尔·扎里道歉并转身离开了，只留马赫塔布独自一人，而她却还希望他会回头。

一周后，卡克尔·扎里在脸书上发布了与别人"订婚"的消息，所有见证这段爱情的人都咬着牙，为他的冷酷感到震惊。每个人都打电话给马赫塔布，催促她查看脸书。马赫塔布看到那条动态后哭了，她在脸书上写道："在这个街角的墙后处决我吧。"

　　就这样，一段爱情走到了尽头。卡克尔·扎里把为马赫塔布写的那篇文章中的彩色眼睛，换成了他未婚妻的黑色眼睛。我在脸书上删掉了他，从此再也没有见过他。

巫术

关于卡特丽的这段美丽的回忆一直萦绕在人们心中。卡特丽从小就很有名，大家都对她的美貌议论纷纷。她的肤色白皙，脸上有两个黑痣，一个在上唇右侧，另一个在鼻子左侧下方。这两个黑痣使她的美丽更加突出，让她看起来像个小仙女。在六七岁时，她的美貌就已经很迷人了，每次进学校，无论是老师，还是学校里的男孩，都被她那乌黑、深邃的目光吸引。但是后来，她变得越来越胖，脸上挤满了肉，眼睛不再像之前那样深邃动人。

卡特丽的恋情总是村里人议论的焦点。人

们说，卡特丽爱上了费萨尔。于是村里的人们像追逐猎物一样，紧盯着她和费萨尔的一举一动，对他们议论纷纷。当卡特丽对费萨尔感到厌倦，不再与他约会时，村里的人们就会将矛头对准卡特丽的下一个情人。他们对她的恋情穷追不舍、指指点点，直到那个男人承受不住压力，放弃了卡特丽，躲藏在众人视线之外。

卡特丽有一颗纯洁的心，她既不受他人言语的伤害，也不为命运的不公而哭泣。她总是快乐、轻松、自由、宁静且自豪。卡特丽的母亲从未停止过对女儿的宠爱，她总是像照顾五岁时的卡特丽那样宠爱二十岁的她，满足她的一切需求，无论代价多高。

而在村里人的眼中，笑容满面、快乐无忧的卡特丽是一个名声狼藉、性格轻浮的女孩。村里的长者偶尔会对卡特丽的父母说："把女儿嫁出去吧。"人们会把关于她的传闻告诉她父亲，但她父亲除了照顾他的牛群和耕作土地，什么都不关心，对人们的闲言碎语也毫不在意。卡特丽的母亲为她感到骄傲，每次听到别人的话，她都会认为那是嫉妒。

卡特丽与在上学路上见到的每一个帅气男孩谈恋爱，从不害怕别人对她的议论。当她的情人多到十个，名声传遍四方时，她的表哥阿斯达拉赫再也按捺不住了，决定去向她求婚，说："我必须为家族的名誉负责。[1]"

阿斯达拉赫没有遇到任何来自父母的阻碍，但卡特丽并不对这桩婚事感到满意，她的哭喊无人听见，甚至她那慈爱的母亲也没有认真对待她的眼泪。父母和亲戚们因这桩婚事而高兴，抛开了外界的议论，向上天祈祷，愿这两个年轻人幸福。

然而，没人关注卡特丽的内心，连父母都轻视她的感受，说："感谢上天，卡特丽的婚

---

1 在阿富汗，近亲结婚是合法的，甚至被视为维护家族荣誉、巩固血缘关系的重要方式。

事终于有了着落，大家也停止了流言蜚语。"卡特丽没有再继续哭泣和哀号，而是对自己和真主发誓，只要她还活着，就一定会让阿斯达拉赫在孤独的折磨中度过每一个夜晚。

卡特丽戴上了面纱，她的蓝色面纱下，只有那双如小鹿般灵动的眼睛偶尔可见。而她心中却点燃了一团火焰，这火焰不会因戴上面纱和嫁给表哥而熄灭。许多女孩都希望和她做朋友，而她变得越来越安静，心中有个秘密无法告诉任何人，尤其是在她已经是别人的未婚妻的时候。

阿斯达拉赫为了维持生计和筹备卡特丽的彩礼，前往赫尔曼德省，作为国民军的士兵去了桑金区，那里正进行着激烈的战斗。阿斯达拉赫给卡特丽打电话，讲述他在桑金区作为士兵经历的种种危险，卡特丽则祈祷他不要活着回来。她将自己与她那秘密的情人视作两朵刚刚绽放的花朵，而她的表哥阿斯达拉赫则是他们之间突然长出的那根黑刺，割裂了她与秘密情人之间的美好。[1] 没有任何人知道卡特丽的秘密情人的存在，除了她自己和真主。人们以为卡特丽已经订婚了，很快就会结婚，风流的爱情故事已经结束。

卡特丽从家到学校需要步行一个半小时。阿斯达拉赫的两三个姐妹受家族的委托，负责在卡特丽上学的路上照看她。因此，卡特丽的上学路始终笔直，没有任何曲折，她要么到学校，要么回家。在订婚期间的两年，没有人看出她有任何不当行为。等到双方家庭都确认没有任何问题后，他们逐渐开始准备婚礼。卡特丽的父亲收到了三十万阿富汗尼的彩礼，并用其中的十五万为女儿准备了嫁妆，剩下的十五万则为家人预留作为将来应急之用。

婚礼如期举行，新郎新娘也按礼节进入了

---

1 在阿富汗文学传统中，"花与刺"是经典的意象组合，象征着美好与痛苦的并存。

婚房，但这个婚房与其他婚房截然不同。那晚，阿斯达拉赫亲吻了卡特丽，抱住了她，轻轻触碰她，却什么也没做。他将第一次的无能归咎于准备婚礼的疲惫和生活的其他压力。然而，第二天、第三天、第四天甚至第十天，他依旧无法履行婚姻的责任。面对阿斯达拉赫的无能，卡特丽保持沉默，从未对此抱怨。当有人问及此事时，她回答道："我又不是二婚的，怎么会理解这类事情？"她说完后便闭口不言，阿斯达拉赫的父母只能从儿子着手去解决问题。他们带着儿子去看了村里的每一位医生和毛拉，但没有任何效果。自从阿斯达拉赫结婚以后，他已经陆陆续续治疗了一个月，但这个病依旧无法治愈。一方面，婚礼的所有花费已经掏空了他们的所有家底，另一方面，这一个多月来的治疗让他们本就拮据的家境雪上加霜。阿斯达拉赫的父亲无法忍受儿子没有能力履行婚姻责任的耻辱，痛苦地击打着自己的身体。

阿斯达拉赫一直保持沉默，说："在我二十五年的生命中，我从未意识到自己有这个问题。"阿斯达拉赫的母亲每天都在为卡特丽祈祷，并说道："一切的麻烦都源于她。"卡特丽对整个情况一无所知，哭泣着去找她的姑姑（阿斯达拉赫的母亲），向她诉说："姑姑，怎么办呢？阿斯达拉赫生病了，大家会怎么说呢？"

　　家里最后剩下的财产只有三头牛，为了筹钱给阿斯达拉赫治病，它们也被带到市场上卖掉了。阿斯达拉赫的父亲带上十万阿富汗尼，与儿子一起去了拉斯塔克、喀什姆、塔尔干、阿什卡什、查赫·阿布和卡拉·古尔德[1]。他们拜访了许多宗教领袖和医生，每个人都给出了不同的治疗方案。阿斯达拉赫的腰部、胳膊和大腿上绑着绷带，回到了家，但夜晚仍然没有变化。家人和阿斯达拉赫都感到绝望和疲惫，

---

[1] 上述地方都位于阿富汗的塔哈尔省。

向真主祈求，并哭泣着割下了羊的头，进献给真主，但什么都没有改变。而卡特丽每天都如花朵般绽放，变得比昨天更美丽。于是这个秘密渐渐被远亲近邻知晓，有些人同情阿斯达拉赫，而有些人则为女孩感到惋惜。

阿斯达拉赫的假期结束了，他必须前往赫尔曼德省。他对父母说："我要走了，你们帮我照看好我的妻子，也许能通过她找到治愈这个病的线索。"阿斯达拉赫的母亲认为是卡特丽和她那个秘密情人从中作鬼。阿斯达拉赫离开后，三位姐妹和阿斯达拉赫的母亲守着卡特丽，每晚都无时无刻不在观察着她。卡特丽除了回娘家，哪里都不能去。即使是回娘家，也必须由姑父（阿斯达拉赫的父亲）或她的外祖母陪同，而后便立刻回家。

在这段时间里，卡特丽被困在她丈夫家中，她母亲和她姑姑之间的关系变得紧张。卡特丽的母亲说："为什么我的女儿要为你儿子的无能付出代价？"阿斯达拉赫的母亲则说："我的儿子不是无能，是卡特丽和她的秘密情人通过巫术捣的鬼。"这件事导致两家之间多次发生争执，而在这些争执中，卡特丽从未出面。

婚后六个月过去了，但卡特丽的母亲说她仍然是个处女。在这六个月里，她的婆家人为了找出她那个所谓的秘密情人，进行了各种调查，但全都无果。卡特丽被长期关在家里，一直被盯着，她终于受不了了，得了抑郁症。她的母亲和婆家吵了一架，最终把卡特丽从婆家抢了回来，带着她去了住在普勒胡姆里[1]的妹妹家，在那里住了两三个月，等阿斯达拉赫从赫尔曼德省回来后，又把卡特丽带回了家。这次，阿斯达拉赫还是无法和她圆房，于是动手打了卡特丽。两人多次争吵，矛盾激化，但每次都被家里的长辈劝和。卡特丽总是对大家说：

1　阿富汗北部巴格兰省的省会城市。

"我认了，我没有任何抱怨，你们就让我这样过下去吧。"但阿斯达拉赫每天晚上都会请一个毛拉来家里作法、念咒。在阿斯达拉赫四十天的休假里，他们一共请了二十三个毛拉，来自二十三个不同的地方，这些毛拉用烧红的铁锹或刀给他解"封印"，但没有一个人能解开阿斯达拉赫腰间的"封锁"。还试过了各种法术、符咒、护身符，还有用藏红花水或公鸡血洗澡，喝姜黄牛奶，吃鱼卵，早上吃黑胡椒，杀无辜的小鸟喝它们的血……这一切都没用。阿斯达拉赫被这些毫无作用的"治疗"搞得心力交瘁。假期结束时，他哭着对母亲说："我把她休了吧，让她走，我受够了，我都觉得对不起自己了。"他母亲气得咆哮说："除非我把她杀了，否则我不会放她走！"阿斯达拉赫离开后，两家人的争吵又一次如火如荼地开始了，卡特丽的母亲和婆婆几乎昼夜不停地吵个没完。阿斯达拉赫的母亲指责儿媳妇性格不好，但卡特丽的母亲誓死捍卫自己唯一的女儿，说："问题出在你儿子身上，凭什么说是我女儿的错？"卡特丽和她母亲挑唆阿斯达拉赫去找那个所谓的"秘密情人"的线索，但不管怎么调查，始终找不到任何踪迹，两家的争吵也就越来越激烈，越来越难收场。

一年下来，整个村子甚至附近的村子都知道了这桩家丑，大家都在背后议论，传得满世界都是。人人都说："一切的根源都在这姑娘身上。"但事实上，自从订婚和结婚之后，没人见过卡特丽有什么出格的举动，也没有任何证据能证明她跟别的男人有任何不正当的关系。这样争吵了两年，最后两家人打了官司，希望这件事能得到解决。法庭上，阿斯达拉赫因为始终无法履行夫妻义务而被判定为存在过错，最终被迫离婚。阿斯达拉赫当庭休掉了卡特丽，两家人就此各回各家，分道扬镳。

卡特丽的母亲带着女儿去了普勒胡姆

里，仅仅两周时间，卡特丽就与一个叫阿卜杜勒·艾哈迈德的人办了婚礼，所有人都对他们的手段和计谋感到震惊。阿卜杜勒·艾哈迈德是邻村的人，村里从来没人听说过他和卡特丽之间有什么关系。没人知道他们的关系是什么时候开始的，又是怎么在两年里用"巫术和诡计"让阿斯达拉赫丧失男子气概的。只有一位邻居说过："有一次我看见从一户人家出来一个披着罩袍的女人，一个用头巾把脸和头包得严严实实的男人骑着摩托车把她接走了。"整村人就凭这一句话议论纷纷，说："早该当场抓住这女人，用石头砸死她，可惜错过了。"阿斯达拉赫的母亲挨家挨户去说："看见了吗？我早就说过卡特丽与别的男人有染！"但村里人反问："你们什么时候见过卡特丽与别人联系？有证据吗？"面对这个问题，阿斯达拉赫的母亲和姐妹们全都沉默。对村里人来说，这件事就像一个巨大的谜团，复杂又有趣。

后来有人劝阿斯达拉赫的父亲再给儿子娶一个妻子，大家都想看看这事到底是巫术捣的鬼，还是阿斯达拉赫本来就是个无能的人。阿斯达拉赫的父亲便从邻村给儿子相了个姑娘，花了不少钱把这桩婚事办了。结果新婚后，大家发现阿斯达拉赫的身体并没有问题。阿斯达拉赫终于洗脱了"无能"的罪名。卡特丽也和自己的心上人团圆了，跟着丈夫一起去了国外。不到一年，卡特丽给丈夫生下了一对双胞胎儿子，孩子的照片还被她丈夫用作脸书头像。

五年后，卡特丽带着丈夫回到了村里，怀里抱着一个女儿，身边还跟着三个年龄各异的儿子。然而，卡特丽往日的美貌早已不复存在。那个纤细苗条的卡特丽，已经变成了一个中年女人，因过度肥胖走路都有些困难。不过，她看上去很开心，整个人散发着满满的正能量。卡特丽不停地给大家分发糖果和小点心，还一边笑着说："上天是站在清白的人这边的，你们都是亲眼见证过的。"只是，没人敢问她：到底是哪位毛拉出手帮了她？为了封住阿斯达拉赫的男子气概，到底收了多少钱？

女作家

罗娜是一名小说家，同时也从事新闻工作。她已经结过婚，育有两个儿子。罗娜不是一个骄傲自满的女人，但她很有自信，从不低估自己。她清楚自己的能力，这种对自我的认知赋予了她力量和坚定，却让一些人感到不舒服，而这些人里也包括她的丈夫。丈夫在争吵时总是刺激她，常常说："是我把你培养成作家的，是我鼓励你写作，哪怕你写得差，我也鼓励你。是我让你去做新闻，是我督促你写书，一天都没让你耽搁！"罗娜心知肚明，也感谢丈夫的付出，但她无法接受把自己的能力和知识全都归功于丈夫，有时候她会生气反驳："在跟你结婚之前，我就是作家！"吵得激烈时，丈夫会带着嘲讽说："哟，女作家！"这个"女作家"的称呼彻底激怒了罗娜，让她乱了方寸，甚至一度对丈夫和这段关系产生了憎恨，几乎要发疯。每次听到这句"女作家"，罗娜就会打开一个文件，里面存着她婚前写给丈夫的情书。当年她每天都会给丈夫写一封温柔的情书，丈夫非常喜欢，还赞美过她。但现在，罗娜已经厌恶那些情书，恨不得把整个文件删掉。但每次她只会删掉一两封，然后一边删一边默默流泪。

每次争吵结束后，罗娜都会想，做一名作家究竟有什么错？有时候她怀疑，是不是自己的外貌哪里出了问题，才让丈夫那样嘲讽自己？她站到镜子前仔细打量自己，确认没有什么不对劲，但心里还是对自己的外貌产生了厌恶感——这一切，全都源于前一晚丈夫说的那句讽刺话。罗娜想着那些落魄的作家，尽管写了那么多，书也一部比一部厚，但最后一事无成，反而把自己的身心都耗尽了。她害怕，害怕丈夫讽刺她，其实是在暗示她最终也会落得这样的下场。罗娜不把这当作简单的嘲讽，而当成了一个警告。这种可笑又毫无根据的恐惧，困扰了她好几个星期。她整整几个月没再动笔，只为了让自己看起来像一个普通、正常、健康的女人。

可是她仍然放弃不了"作家"这个身份。终于有一天，她坐下来，写了一个故事，讲的是一个女作家嫁给了一个吸毒的男人，独自扛下了世间千百种苦难。她忽然想起自己有一天曾经嘲笑过像她笔下的这样一位女人。于是她给闺密写消息："你知道吗？我发现凡是我嘲笑过的人或事，最后都会在我身上重演。哪怕只是随口一笑，或者只是善意的笑，结果都会变成我的劫难。所以，我得特别小心。"闺密回她："不，你不是在笑，你其实是在评判。别评判，罗娜。"罗娜回复她："我会尽量做到的。"然后她自言自语："怎么突然想起了那个女人呢？"

那位被她嘲笑过的女人曾经跟罗娜说过，自己丈夫的嘴特别毒，总是嘲讽她说："你就是个写字的，根本不是什么好人，根本'不干净[1]'。"罗娜当时问她："你怎么能和这样的男人同床共枕、共度余生呢？"那女人回答："你现在还单身，根本什么都不懂。哪怕你把全世界的书都读完了，也不明白。等你结婚了你就会知道生活的复杂和琐碎。"罗娜听了哈哈大笑，觉得那女人太可笑了，说："难道就凭一场愚蠢的婚姻，你就以为自己把全世界的道理都学会了？"可后来，当罗娜听到自己丈

1　在阿富汗，女性外出工作或上学被视为违背伊斯兰教义中"女性贞洁观"的行为，许多男性限制家中的女性外出工作或上学，认为混社会的女人"不干净"。

夫的那些讽刺话时，她才明白那女人当时说的到底是什么意思。原来，被自己的丈夫讽刺，被他那样轻贱，是一种刻骨的痛，根本没有药能治。罗娜哭了，觉得羞耻，对自己产生了厌恶，甚至质疑"我究竟是谁""我到底算什么"。可她什么话也说不出口，也根本没办法让丈夫明白，他说的那些讽刺有多么无聊、无耻。

但有时候，罗娜有点"庆幸"，幸好他只是说了"女作家"，如果像那女人的丈夫那样说她"不干净"，那她该怎么办？罗娜心里暗自感恩："幸好他说的是'女作家'，没说'写字的''不干净'。"可转念一想，她又觉得：他凭什么说我是"女作家"？那个女人的丈夫又凭什么说自己的老婆"不干净"？"不干净"是什么意思？难道"不干净"的不应该是那个男人吗？他竟然敢对自己的老婆，对自己的伴侣，对自己的依靠，说出这种侮辱的话！他就不觉得羞耻吗？

罗娜被这些念头折磨了好几天，对丈夫一直冷着脸，用这种方式让他知道自己受伤了。可她的心还是太软了，冷战的时候她总觉得家里少了点什么，暖气也不像往常那样温暖。

她感觉自己的腿异常沉重，手在半空中僵着，打字的时候，敲在笔记本键盘上的声音格外刺耳。一阵说不清来源的疼痛从后脑勺一直蹿到脖子。她对自己说，也许是昨晚没睡好。她完全无法集中精神，坐立不安，茶喝着没味道，吃下的甜的也好、酸的也罢，统统没了原本的滋味。她甚至怀疑，是不是自己的丈夫诅咒了她，才让她落到这种地步。忽然，她想起了电影《加勒比海盗》里的诅咒[1]，猛地站起来，冲着丈夫走过去。她走到丈夫跟前，伸出手想去牵他的手，但丈夫把她的手推开了。罗娜低声说："没事的，咱们聊聊吧。"

1　围绕阿兹特克金币的一系列诅咒，任何偷走金币的人都将受到惩罚。

终于，在争吵和冷战之后，丈夫抱住了她的头。可罗娜脑子里想着的，却是那个女作家，她仿佛在写着自己的故事，同时也写着那个女人的故事。命运就像报应一样，把她和那个女人绑到了一起，让她亲身尝到了那苦涩的滋味。罗娜心里默默告诉自己："以后我再也不嘲笑任何人了，无论是一个女作家，还是一个嫁给了吸毒男人的女人。"

到处都是黑色的烟雾。
人们为战争的结束而高兴。

他们假装看不见，也无能为力，
因为他们别无选择。

有光

—— 要有光！——

主　　编｜安　琪
策划编辑｜安　琪
特约策划｜李　晴
文字编辑｜钟　迪

营销总监｜张　延
营销编辑｜张　璐
责任印制｜刘玲玲

版权联络｜rights@chihpub.com.cn
品牌合作｜zaq@chihpub.com.cn

至元

CHIH YUAN CULTURE

出品方　至元文化（北京）
CHIH YUAN CULTURE

Room 216, 2nd Floor, Building 1, Yard 31,
Guangqu Road, Chaoyang, Beijing, China